AF464685

Verlag: Lulu.com

ISBN 978-1-84728-229-3

© ProArtPublish

Erszebeth Rais

Die Liebe, der Besucher und das Zimmer am Ende des Ganges

Die Liebe, der Besucher und das Zimmer am Ende des Ganges

1

Sehr geehrter Herr Norton!

… und so möchte ich, wohl wissend um Ihre vielen beruflichen Verpflichtungen, Sie dennoch um ein persönliches Gespräch, bezogen auf die – oben genannten – sozialen Anpassungsprobleme Ihrer Tochter, in unserem Hause, bitten.
Sollten Sie einen genehmen Zeitpunkt wissen, bitten wir um eine kurze schriftliche Mitteilung.

Hochachtungsvoll …

John Norton blickte einige Augenblicke lang versonnen auf das Schreiben, aus dem Internat von Chamberlain Hall. Dann erhob er sich aus dem gediegenen Ledersessel mit der hohen Rückenlehne, ging mit gerunzelter Stirn um den schweren Schreibtisch, der einen guten Teil seines Arbeitszimmers füllte, herum und gelangte schließlich zu einem alters dunklen Eichenschrank, welcher rechter Hand der Zimmertüre stand. Ihm entnahm er ein, angenehm in der Hand liegendes, Kristallglas und füllte es mit Whisky. Eigentlich war es ganz und gar nicht Johns Art, alleine, vor dem Mittagessen, Alkohol zu sich zu nehmen, doch wenn es um Elisabeth, um seine Tochter ging, reagierte er immer äußerst nervös. Schließlich war sie ja auch sein Ein und alles, zumindest seit damals, seit vor gut zwei Jahren....

John Norton schüttelte den Kopf und verscheuchte die finsteren Erinnerungen. Die stellvertretende Leiterin des Internats, Miss Stone, hatte in ihrem Brief einige beunruhigende Punkte erwähnt und darum galt es sich jetzt zu kümmern, nicht um Dinge die Jahre zurücklagen!

Seit etwa acht Monaten, hieß es in dem Schreiben, habe Elisabeth Probleme, bezogen auf das soziale Zusammenleben mit den anderen Kindern des Internats, besonders den etwa gleichaltrigen.

Wieder schüttelte John den Kopf. Vor fünf Monaten, zu Weihnachten war seine Tochter noch bei ihm, hier im Landhaus gewesen, und er hatte keinerlei Veränderung an ihr festgestellt, außer dass sie immer hübscher wurde.

Aber das Internat musste es schließlich besser wissen, und die drei Fälle, welche Miss Stone in Stichpunkten schilderte, sprachen eigentlich für sich.

Nochmals griff John Norton, der erfolgreiche Geschäftsmann und Großgrundbesitzer, zu dem Brief und überflog die Fallschilderungen:

1). 24. März.

Nachdem die Schüler aus der Sonntagsmesse zurück ins Internat gebracht worden waren, nahm Elisabeth die zehnjährige Aline Agapit mit auf ihr Zimmer. Ohne dass eines der Mädchen je einen Grund genannt hat, schlug Elisabeth plötzlich mit einem Kleiderbügel auf Aline ein, bis das Schreien des Kindes eine Aufsicht herbeirief. (Drei Wochen strengster Zimmerarrest für Elisabeth.)

2). 28. April.

Eine Blumenschale, die auf der Fensterbank von Elisabeths Zimmer stand, fiel herunter und hätte fast einen Jungen erschlagen. Es herrschte kein Unwetter, aber Elisabeth hielt sich in ihrem Zimmer auf.

3). 12. Mai.

Während des Unterrichts, als die elfjährige Schülerin Sabrina Simpson einen Aufsatz von Elisabeth kritisierte, stürzte diese sich plötzlich auf Sabrina und zerkratzte ihr Gesicht mit den Fingernägeln. Der Lehrerin fiel es nicht leicht, die Kinder zu trennen.

>Nun denn. <, murmelte John Norton, fuhr sich über seinen schmalen Oberlippenbart und ließ sich wieder am Schreibtisch nieder. Hier griff er nach einem Bogen Briefpapier, nahm dann sein Terminbuch zur Hand und stellte fest, dass er am 1. Juni dem Chamberlain Hall Internat einen Besuch würde abstatten können. Bis zu diesem Monatsersten waren es nur noch sieben Tage. Miss Stone würde über die prompte Reaktion auf ihr Schreiben sicherlich erfreut sein.

2.

Chamberlain Hall war ein alter Adelssitz. Erstmals wurde es im 12. Jahrhundert urkundlich erwähnt. Seine heutige Gestalt hatten das hohe 16. und das frühe 19. Jahrhundert geprägt. Wer sich über die lange Auffahrt eines, mit feinen Kieseln befestigten Weges dem alten Gebäude näherte, konnte schnell glauben eine falsche Richtung eingeschlagen zu

haben, denn gut sechshundert Schritte ging es durch einen, wenigstens hundert Jahre alten Mischwald, dessen akkurate Baumreihung deutlich die Arbeit mehrerer Generationen von begabten Gärtnern widerspiegelte. Dann aber, nach einer Rechtsbiegung des Weges, tauchte urplötzlich das Schloss hinter den Bäumen auf. An dieser Stelle teilte sich die Auffahrt, umschloss ein, nahezu herzförmig gehaltenes Rasenstück, dessen Mitte ein Brunnen bildete, um sich schließlich direkt vor der Freitreppe wieder zu vereinigen.
Mittelpunkt der ganzen Gebäudefront war der, über die Freitreppe zu erreichende, ehemalige Bergfried. Seine frühere Strenge hatten ihm allerdings die Renaissance und spätere Zeiten, durch große Fenster und zwergenhafte Erker, genommen.
An die Rückseite des Bergfrieds stieß ein lang gezogener, mit hohem Giebeldach versehener Renaissancewohnbau, sodass man fast den Eindruck gewann vor einer Kirche zu stehen. Rechts und links an den Kernbau schlossen sich dreistöckige Flügel aus dem Barock an, die durch neugotisch gehaltene Türme begrenzt wurden.
Auf der Rückseite von Chamberlain Hall lag ein großer, typisch englischer Garten, der allerdings mit Spielwiese und dergleichen mehr den Wünschen der acht– bis vierzehnjährigen Schülern und Schülerinnen angepasst war. Ihn durchschnitt, genau in der Verlängerung des ehemaligen Bergfriedes, eine zwei Meter hohe Mauer, welche den Westflügel der Mädchen vom Ostflügel der Jungen trennte und nach etwa vierhundert Metern an die, das ganze Grundstück umgebende Außenmauer stieß. Hier also lebte Elisabeth.

Es war der 27. Mai des Jahres 1897, und die Turmuhr oben im alten Bergfried hatte gerade ihr

monotones “Drei Uhr” geschlagen, als Elisabeth von ihrem Bett aufstand und das lange dunkelblonde, durch zwei Spangen geschmückte, weit über die Schultern fallende Haar, mit einer Bürste ordnete. Sie war in der Tat ein wunderschönes Mädchen. Ihr ovales Gesicht, aus dem die blaugrauen Augen wie Edelsteine funkelten, hatte solch liebliche Züge, dass jeder Künstler die Aufgabe ein Portrait von ihr zu malen, als Vergnügen und Ehre angesehen hätte.
Für gut zehn Jahre war Beths Körper außerdem ungewöhnlich gut entwickelt, und die Art, wie sie sich bewegte, wirkte eher lasziv als kindlich.
Elisabeth hatte keinerlei Lust an diesem Tag den Nachmittagsunterricht zu besuchen, und obwohl sie bereits fertig zum Gehen war, entschloss sie sich doch, in ihrem Zimmer zu bleiben. Am einfachsten hierfür war es krank zu werden. Hals- und Kopfschmerzen waren dabei am sinnvollsten, dies wusste John Nortons Tochter schon seit Längerem. In letzter Zeit hatte sie der Schulunterricht des Öfteren angeekelt und entsprechende Gegenmaßnahmen notwendig gemacht. Die Themen waren langweilig, und Elisabeth wusste die Antworten auf die blöden Fragen der Lehrkräfte ohne diesen lange zuhören zu müssen. Und dann die Mitschülerinnen! Fast alle waren plappernde Gänse, die von Nichts eine Ahnung hatten. Zum Glück hatte sie eines der sechs Einzelzimmer und musste nicht in einem der Schlafsäle des Mädchentraktes ihre Freizeit verbringen. Auch dies war ein Verdienst ihres Vaters, der das entsprechend zusätzlich fällig werdende Geld aufbringen konnte. Beim Gedanken an ihn leuchteten Elisabeths Augen auf. Bis zu den Internatsferien war es nicht mehr all zu lange, und dann hatte sie ihren Vater wieder für sich, für sich ganz allein!
Noch völlig in solch wohlige Gedanken gehüllt, zog Beth ihre Kleider aus, schloss den Vorhang vor dem

Fenster, zog ihr Nachthemd über und legte sich wieder ins Bett.

Elisabeth hatte die Augen geschlossen und vergaß die Welt ringsum. Im Geiste spürte sie wie ihr Vater sie in die Arme schloss und schließlich auf seinen Schoß setzte.

Plötzlich ging die Türe zu ihrem Zimmer auf. Unerwartet wurde sie in die Realität zurückgeholt. Miss Stone trat in den Raum und blickte Elisabeth Norton streng an: >Warum bist du nicht in deinem Klassenzimmer? <

>Entschuldigen Sie, Miss Stone <, antwortete Elisabeth mit süßer Stimme, >aber ich hatte plötzlich starke Kopfschmerzen. <

>So, so. Und warum hast du dass nicht gemeldet? <

>Weil, weil ... Ich habe nicht daran gedacht, Miss Stone. Entschuldigen Sie bitte. <

>Nun gut, aber dass ist auch nicht der einzige Grund, weswegen ich mich zu dir bemühe. Vor allem wollte ich dir sagen, dass dein Vater in fünf Tagen, am 1. Juni, auf meinen Wunsch und dem deiner Lehrkräfte, unser Haus besucht.... <

>Mein Vater kommt? <, unterbrach Elisabeth die stellvertretende Internatsleiterin. Diese zuckte und blickte das Mädchen wegen dessen ungebührlichem dazwischenfahren scharf an, enthielt sich aber einer Rüge und fuhr fort: >Ja, dein Vater kommt, und der Grund dafür, warum wir ihn hergebeten haben, dürfte dir bekannt sein. Deine schulischen Leistungen sind zwar überdurchschnittlich, aber dein übriges Verhalten ist äußerst mangelhaft – zumindest seit einigen Monaten. <

Elisabeth nickte und blickte zu Boden, nicht vor Scham wie die Frau vor ihr wohl meinte, sondern weil sie, vor Freude ihren Vater zu sehen, lächelte und dies im Augenblick natürlich nicht zeigen konnte.

Miss Stone erhob ihre Stimme: >Ich teile dir die Ankunft von Mister Norton bewusst so früh mit, damit du genug Zeit hast, um zu überlegen, weshalb dein Benehmen in letzter Zeit so unmöglich geworden ist. <
Miss Stone sah nun das Gespräch für beendet an und wandte sich zur Türe. Hier drehte sie sich noch einmal um und erklärte: >Man wird dir nachher Tee heraufbringen. Ach, und wenn es dir auch nicht gut geht, so könntest du doch deine Kleider ordentlich zusammenlegen. <
>Jawohl, Miss Stone. <
Elisabeth wartete, bis die Tür sich geschlossen hatte, dann stieß sie einen kleinen Jubelschrei aus und ließ sich wieder ins Bett sinken.

Zwei Tage später. Die Sonne schien in sommerlichem Glanz vom Himmel und die Nachmittagsschule hatte ihr Ende gefunden. Elisabeth war bester Laune; nur noch das Wochenende und dann würde ihr Vater kommen. Pfeifend ging sie vom Mittelbau, wo die Lehrräume lagen in den Westflügel, der im ersten Stock ihr Zimmer beherbergte.
Elisabeth war so in Gedanken vertieft, dass sie das Mädchen hinter sich erst bemerkte, als es rief: >He Beth, warte doch einen Moment! <
John Nortons Tochter blieb stehen. Einen Augenblick später war das andere Mädchen neben ihr. Bei ihm handelte es sich um Julia Golding. Auch sie besaß eines der, begehrten, Einzelzimmer und war das einzige Internatskind, mit dem Elisabeth ein wirklich freundschaftliches Verhältnis verband.
Julia war ein halbes Jahr jünger als Beth, und immer lag ein keckes Lächeln um ihre Mundwinkel.
>Du sprühst ja nur so vor guter Laune, was ist denn los Elisabeth? <, wollte Julia wissen.

>Sag nur ich, hab's dir noch nicht erzählt? Mein Vater kommt am Montag her! <
>Wirklich? Ist ja toll. <
Elisabeth nickte und meinte dann: >Komm doch mal mit in mein Zimmer. <
Gemeinsam betraten die beiden Mädchen Elisabeths Räumlichkeit. Nortons Tochter sah sich noch mal um, ob draußen auf dem Gang niemand war, und schloss dann die Türe.
Kurz drauf saßen sich die Kinder auf dem Bett gegenüber, und Julia glaubte Beth kenne, ein neues Spiel, welches sie ausprobieren wollte, doch stattdessen begann ihre Mitschülerin, über etwas ganz anderes zu reden.
>Weißt du, ich glaube ich werde das Internat bald verlassen. <
Julia blickte verdutzt drein und meinte: > J ...Ja, demnächst ist die Sommerpause und wenn dein Vater dann Zeit hat ... <
Elisabeth schüttelte den Kopf und lächelte. > Nicht so – auf Dauer – für Immer! <
>Wieso glaubst du dass? < Julia war verwirrt.
>Nun, ich habe halt das Gefühl. Mein Vater wird mich holen, und deshalb will ich dir heute etwas zeigen. <
>Etwas zeigen? < Julia wusste nun gar nicht mehr, was ihre Freundin eigentlich wollte.
>Ja, es gibt ein kleines Geheimnis im Internatsgarten, das ich dir gerne zeigen möchte – damit du immer an mich denkst – wenn ich fort bin. Du weißt doch, wir sind Freundinnen! Erinnerst du dich – vor drei Monaten ...? <
Julia nickte, und ein beklemmendes Gefühl stieg in ihr auf.
>Siehst du, und ich möchte, dass du weiter an mich denkst. Deshalb will ich dir etwas zeigen. <
>Ja, aber um was geht es denn? <
>Dies erfährst du heute Nacht. <

>Heute Nacht? <

>Ja. < Elisabeth nickte. >Wir gehen gemeinsam in den Garten. Sei so gegen halb elf hier. <

>Aber die Aufsicht ...<

>Freitags fährt Miss Stone doch immer zu ihrer Mutter. Und wenn dann Miss Pain Aufsicht hat, können wir tun, was wir wollen. Sie trifft sich dann meistens mit irgendeinem Lehrer aus dem Jungen-Internat, dann ist die Tür hinten am Flankenturm auf. Niemand merkt was. <

>Woher willst du dass denn wissen? <

>Ich hab es oft genug beobachtet. Und im Übrigen; verlass dich auf mich. < Bei den letzten Worten war Elisabeths Stimme etwas härter geworden.

>Schon gut. Ich versuche also um halb elf, hier zu sein. <

>Genau Julia. Und dann zeig ich dir das Geheimnis.< Wieder nickte die so Angesprochene.

>Gut, und jetzt sag, was du spielen möchtest ... <

An jenem Abend herrschte fast voller Mond, und die Dämmerung war noch nicht zu Ende. Doch schwere Wolken schluckten das meiste Licht, sodass Chamberlain Hall und der große Garten in lastender Finsternis versanken.

Julia war es unheimlich zumute. Sie war zusammen mit Beth die Treppe in dem neugotischen Seitenturm hinabgestiegen, und die Türe unten hatte sich tatsächlich als offen erwiesen. Jetzt standen sie draußen im Freien. Was war, wenn sie die Aufsicht hier sah, oder ihre leeren Zimmer bemerkte? Beth hatte zwar behauptet diesen Ausflug schon öfter nachts durchgeführt zu haben; aber trotzdem ...

>Nun komm endlich! <, rief Elisabeth unterdrückt und riss damit ihre Mitschülerin, die schon zehn Schritte weit zurück war, aus ihren Gedanken.

Schnellstens sah Julia zu, dass sie Beth wieder erreichte.
Gemeinsam gingen die beiden Mädchen über den kiesbestreuten Weg – fort vom Schloss. Sie passierten die Spielwiese und den, zur Sicherheit mit einem hohen Eisengitter umgebenen, kleinen Teich, wo die Enten sich tagsüber gerne füttern ließen.
Schließlich erreichten die Beiden einen Hain mit jungen Eichen, der zum Versteck spielen einlud. Hier endete der Weg, und eine dichte Tannenhecke wuchs empor die, jetzt in der Dunkelheit, undurchdringlich schien. Weiter durften die Kinder normalerweise nicht. >Ihr ruiniert dort nur eure Kleider. <, erklärte Miss Stone diesbezüglich immer wieder. Und falls diese Erklärung noch nicht ausreichte, fügte sie hinzu: >Außerdem kann es sein, dass sich dort Ratten aufhalten. < Dieses Argument zog bei den Internatsschülerinnen auf jeden Fall.
Auch Julia hatte keine Lust sich in das Dickicht zu wagen – schon gar nicht bei Nacht – und so blieb sie zögernd stehen. Elisabeth bemerkte es und drehte sich amüsiert um. Dann ging sie zu ihrer Freundin zurück.
>Du brauchst keine Angst zu haben. Ich bin doch bei dir. <, erklärte sie und streichelte zärtlich Julias Wange, bevor sie ihr einen kurzen Kuss auf den Mund gab.
Zögernd folgte Julia Beth weiter nach, die eine bestimmte Stelle in dem Tannendickicht zu suchen schien. Schließlich fand sie diese auch und war, von einer auf die andere Sekunde, verschwunden.
>Wo bist du Beth? <, fragte Julia halblaut. Statt einer Antwort schoss aus der Hecke eine Hand hervor und zog Julia an mehreren Zweigen vorbei ins Dickicht. Hier standen die beiden Mädchen, dicht an dicht gepresst, und Elisabeth erklärte: >Wir müssen uns

jetzt bücken. Pass auf das dein Kleid nicht zerreist und deine Haare sich nicht verheddern. <

Julia nickte, obwohl dies in der Dunkelheit niemand sehen konnte, und folgte ihrer Freundin auf dem Fuß, tiefer in die Tannenschonung hinein.

Zwanzig Meter weit waren sie gekommen. Beth hatte mehrmals die Richtung gewechselt, kam aber mit schlafwandlerischer Sicherheit vorwärts, ohne dass sich die Rüschen ihres Kleides auch nur einmal verfingen. Julia hatte da viel mehr Schwierigkeiten und als Elisabeth endlich in einer winzigen Lichtung verharrte und sich aufrichtete, war ihre Freundin völlig schweißgebadet.

>Sind wir bald da? <, fragte sie keuchend.

>Ja, gleich. Hinter dem Strauch dort ist es. < Beth deutete nach rechts, aber Julia konnte nur eine dunkle, unförmige Masse erkennen.

>Komm schon! <, sagte Elisabeth und zog ihre Freundin hinter sich her. Nochmals ging es nur gebückt, unter der Hecke hindurch, die eine Art natürlichen "Pflanzentunnel" bildete, voran. Dann lag plötzlich eine Mulde vor ihnen, über der sich die Kronen uralter Bäume zu einem wahren Dach schlossen. Auf der anderen Seite wuchs die hier von dicken Flechten überzogene, Umfassungsmauer von Chamberlain Hall empor.

Gemeinsam stiegen die Kinder in die Senke. An ihrem tiefsten, leicht morastigen Punkt, blieb Elisabeth endlich stehen und verkündete: >Hier ist es! <

Julia versuchte irgendetwas in der bedrückenden Dunkelheit erkennen zu können, doch sie sah nichts, bis unerwartet neben ihr ein Licht aufflackerte und der unruhige Schein einer Kerze, Schemen in den Wald zu malen begann.

> Und jetzt, schau da! <, forderte Beth. Julias Blick folgte dem Finger, der nach links auf den Boden zeigte. Dort waren einige Steine zu sehen, deren

Setzung sowie die Art ihrer Bearbeitung auf ein ehemaliges Bauwerk schließen ließen. In der Mitte dieses verfallenden Etwas gähnte ein schwarzes Loch, gerade groß genug um einen Menschen hindurch zulassen.
>Dort drin liegt mein Geheimnis. < Elisabeths Augen funkelten im Glanz des Kerzenlichts.
>Du willst aber da doch nicht hineingehen? < Julia wusste, dass sie dabei nicht mitmachen würde, auch wenn Elisabeth sie als feige ansehen mochte.
Beth schüttelte den Kopf. >Nein, aber ich war einmal unten, sonntags. Ich habe nachher erzählen müssen ich wäre hingefallen, alles war dreckig. Dort unten ist ein uralter Keller. Älter als Chamberlain Hall, vielleicht sogar älter als der Turm davor. Aber jetzt zeig ich dir mal was – hier, halt die Kerze. <
Elisabeth reichte Julia das Wachslicht, kniete sich hin und streckte ihren Arm in das alte efeuumkränzte Kellerloch. Nach kurzem suchen zog sie etwas hervor das rundlich schien, aber in dem schwachen zuckenden Schein konnte Julia nicht sofort sehen um was es sich handelte. Erst als Elisabeth den Gegenstand direkt vor ihre Augen hielt, erkannte sie darin einen Totenschädel! Grau und öd schwebte er vor ihrem Gesicht, mit schwarzen Augenhöhlen, an deren Rand Feuchtigkeit glitzerte, als würde er weinen. Julia war so perplex dass sie nicht einmal die Kerze vor Schreck fallen ließ.
>Beth. <, flüsterte sie mühsam vor sich hin und das Gesicht ihrer Freundin, umrahmt vom, in weichen Wellen herabfallenden blonden Haar, erschien hinter dem fleischlosen, grinsenden Schädel.
>Ich hab ihn hier gefunden, damals als ich in den Keller stieg. Er sieht genauso aus wie ihn die Bilder in dem Buch zeigen, wo von Mr. Darwin und seiner merkwürdigen Theorie die Rede ist. Findest du nicht auch? <

Julia brachte kein Wort hervor und irgendwie glaubte sie langsam alles nur zu träumen – die Verabredung mit Beth verschlafen zu haben. Diese ließ sich von der Wortlosigkeit ihrer Freundin nicht stören und sprach einfach weiter: >Weißt du, ich dachte, wenn der Schädel hier schon so lange liegt, ist es so wie eine Art Ewigkeit. Und ich möchte, dass wir uns aneinander auch auf ewig erinnern, auch wenn ich nicht mehr hier bin. Vielleicht eines Tages gar nicht mehr da bin ... Deshalb habe ich etwas in den Schädel eingeritzt. Schau!<

Damit wandte Elisabeth die Schädeldecke in Julias Richtung und erlöste sie von diesem widerlichen grinsen welches zu sagen schien: >Siehst du – morgen wirst auch du so sein wie ich! <

Julia blicke auf dass, was Elisabeth mit einiger Mühe in den Knochen geritzt hatte: >Von Elisabeth für Julia. Auf dass du ewig an mich denkst. <

Darunter war ein fein gearbeitetes Herz in die Schädeldecke geschnitzt.

>Oh, Elisabeth. Ich werde immer an dich denken. <

Julia stiegen Tränen in die Augen und sie wusste nicht, ob es Rührung, Angst oder der Kerzenrauch war, der dies bewirkte.

>Ich weiß. < Elisabeth lächelte ihre Freundin an und fuhr ihr sanft durchs Haar. >Ich weiß. Wenn du später einmal Lust hast mir nah zu sein, geh hierher und hole unser Geheimnis hervor; dann bin ich bei dir. <

> Dass werde ich tun. <

Beth nickte und legte den Schädel wieder in die finstere Kelleröffnung hinein. Nachdem sie aufgestanden war, blies sie die Kerze, die Julia immer noch fest umklammert hielt, aus und nahm ihre Freundin bei der Hand. Gemeinsam stiegen sie die Senke hinauf und kehrten durch die Tannenhecke

und über den Gartenweg zurück ins Internat, ohne dass jemand sie sah.
Vor Julias Tür gab Beth ihr noch einen innigen Kuss auf den Mund, dann verließen die beiden Mädchen einander.
In dieser Nacht schlief Julia kaum. Immer wieder kehrten ihre Gedanken in das Dickicht und zu dem Schädel zurück, um dann einige Wochen weiter in die Vergangenheit zu wandeln, als sie bei Elisabeth geschlafen hatte ...

3

Mr. Nickel, Leiter und Besitzer des Internats war zurzeit von John Nortons Besuch abwesend. Miss Stone mit der er sich stattdessen unterhielt, war indes ohnehin die passende und kompetentere Gesprächsperson, wenn es um die Schülerinnen ging. Bei der Unterredung waren außerdem noch zwei weitere Lehrerinnen zugegen, die hauptsächlich mit Elisabeth zu tun hatten. Fast eine Stunde dauerte das Gespräch, dann gingen die Lehrkräfte und Elisabeth wurde in Miss Stones Arbeitszimmer gerufen.
>Vater! < Elisabeth stürzte in den Raum und umschlang den Nacken ihres Vaters mit beiden Armen. John Norton strich zärtlich über das Haar seiner Tochter. Miss Stone schüttelte einmal mehr missbilligend den Kopf.
Nachdem Elisabeth sich einigermaßen gefangen hatte, flüsterte sie: >Oh Vater, ich bin so froh, dass du endlich hier bist. Bitte hol mich mit nach Hause. <
John lächelte, sagte aber nichts sondern führte Beth sanft zu einem der vor Miss Stones Schreibtisch stehenden Stühle, ehe auch er sich setzte.

Die stellvertretende Internatsleiterin wartete bis Ruhe im Zimmer eingetreten war, dann wand sie sich an Elisabeth: >So mein Kind. Wir haben uns lange miteinander unterhalten – dein Vater und ich. Er meint wir sollen uns offen unterhalten. Du hast deine Mutter verloren und kommst jetzt in ein Alter, wo du den Verlust richtig begreifst. Das ist schwer für dich und ich – wie deine Lehrerinnen – verstehen dies sehr gut. Aber gemeinsam müssen wir zu sehen, wie wir deine, so entstehenden, Aggressionen umlenken können. Kannst du mir folgen? <

Elisabeth schüttelte mit dem Kopf.

Mit ruhiger Stimme fuhr Miss Stone fort. >Warum streitest du in letzter Zeit so oft mit anderen Kindern? Du weißt, ich hatte dir gesagt du sollst darüber nachdenken. <

Jetzt nickte Elisabeth und sagte leise: >Ich weiß was sie gesagt haben, aber ich habe mich nicht verändert – vielleicht mögen mich einige der anderen Kinder weniger als früher. <

Miss Stone sah zu John Norton hinüber, der daraufhin seine Tochter anblickte und fragte: >Glaubst du das wirklich, Beth? <

Elisabeth regte sich eine Weile nicht, dann schüttelte sie zaghaft den Kopf und murmelte: > Nein. <

Norton nickte und blickte Miss Stone an, während er sagte: >Im Verlaufe unseres Gespräches sind wir zu der Überzeugung gelangt, dass es sicherlich nichts schadet, wenn du bereits jetzt mit nach Hause kommst und wir so die sommerliche Schulfreizeit um drei Wochen vorziehen. <

>Ja, Vater. Das wäre toll. < Elisabeth sah John mit strahlenden Augen an.

>Elisabeth, es ist schön, wenn es dich freut, dass du bereits jetzt mit mir kommen darfst, aber der Anlass hierfür ist es ganz und gar nicht. Miss Stone und ich haben uns hierzu entschlossen, weil wir glauben, ein

längerer Aufenthalt in deiner gewohnten Umgebung, könnte dir helfen wieder ins Gleichgewicht zurückzufinden. Diesbezüglich habe ich auch mit Professor Lyell gesprochen und er will uns helfen. <

>Professor Lyell, der Arzt mit dem Du studiert hast? Aber ich bin doch gar nicht krank! <

>Ja, genau diesen Mister Lyell meine ich, er wohnt schließlich seit über zwei Jahren ganz in unserer Nähe. Du warst ihn sogar mit deiner Mutter besuchen, als er einzog. <

>Ich weiß, aber was er als Arzt bei uns machen soll verstehe ich nicht. <, bekannte Elisabeth.

>Eben herausfinden, was dich in letzter Zeit so aggressiv macht. <

Beth winkte etwas verächtlich mit der Hand ab. > So ein ...<

>Elisabeth! Nimm dich gefälligst zusammen. < Miss Stone blickte das Mädchen streng an welches daraufhin sofort wieder seinen Kopf senkte und verstört, ja erschrocken wirkte – sofern man nicht in seine Augen sah.

>Also Elisabeth <, nahm nach kurzem Schweigen Miss Stone den Gesprächsfaden erneut auf, >du kannst jetzt hinaufgehen und deine Sachen packen. Ich schicke gleich das Mädchen, das dir dabei helfen wird. <

Beth stand auf, hauchte ihrem Vater schnell einen leichten Kuss auf die Wange, machte einen grazilen Knicks und verließ das Zimmer.

>Ich werde mein möglichstes tun, um meiner Tochter zu helfen. Das Ganze wird sich sicherlich bald wieder geben, ich rechne dabei voll auf die Hilfe meines Freundes Lyell. <, erklärte John Norton, nachdem sich die Türe geschlossen hatte.

Miss Stone nickte bedächtig: >Ich bin überzeugt davon, dass Elisabeth zu Beginn des neuen Quartals wieder ganz die alte ist. Ihre schulischen Leistungen werden wegen der drei Wochen bestimmt nicht leiden. Ein Hauslehrer, wie von ihnen vorgeschlagen, ist deshalb sicherlich unnötig. <

Elisabeth hatte alles zusammen geräumt. Gleich würde sie mit ihrem Vater wegfahren; das Internat verlassen. Für welchen Zeitraum? Sie ahnte es wohl, aber sicher war sie nicht. Mit Bestimmtheit wusste sie jedoch, dass sich gleich die Tür ihres Zimmers öffnen würde.

Julia hatte leise angeklopft und huschte jetzt flink in den Schlafraum ihrer Freundin. >Ich wollte mich noch mal allein von dir verabschieden, nicht so zusammen mit den anderen, wie eben im Schulraum.<
Elisabeth lächelte. >Dass ist nett von dir und – ich wusste, dass du kommst. <
Julia setzte sich neben ihre Freundin. Dann plötzlich, mehr unbewusst als geplant, legte sie ihre Arme um Elisabeths Hals und zog sie an sich. > Oh Elisabeth, ich liebe dich! <
Beth erwiderte die Umarmung, und presste ihre Lippen auf die von Julia.
Viele Herzschläge lang verharrten die beiden Mädchen so, ehe sie sich wieder voneinander trennten.
>Wir werden uns nie vergessen. <, flüsterte Elisabeth, den Blick in weite Ferne gerichtet, als sie durchs Haar ihrer Geliebten strich.

Julia stand am Fenster von Beths Zimmer und sah, wie die Kutsche sich mit ihrer Freundin entfernte. Tränen liefen über ihre Wangen. Schließlich konnte sie sich nicht mehr beherrschen. Laut schluchzend fiel das Mädchen aufs Bett, dem noch der süße Geruch von Elisabeth innewohnte.

4

Elisabeth saß neben ihrem Vater und war glücklich, trotzdem der Gedanke an Julia schmerzte. Endlich ging es nach Hause. Ihr Blick glitt über die hügelige Landschaft, welche sich jenseits des Kutschenfensters auftat. Saftige Wiesen, einsame Gehöfte und ein finsterer Mischwald zogen gemächlich vorbei, während man dem Herrenhaus der Nortons entgegen strebte.
John Nortons Blick haftete weniger auf der Landschaft als auf seiner Tochter. Elisabeth sah wirklich entzückend aus, mit ihrem blauen Kleid und dem hellen Hut den Rüschen zierten. Auch John war glücklich. Endlich war er nicht mehr allein, wenigstens seine Tochter weilte wieder bei ihm und das war sogar irgendwie wichtiger als wenn seine ... Er schüttelte den Kopf. Da waren sie wieder jene Gedanken, die Erinnerung an den Tod seiner Frau. John konzentrierte sich schnell wieder auf Beth, und die gute Laune kehrte zurück, als sie ihn süß anlächelte.

Die Kutsche fuhr die kleine Anhöhe zum Landhaus hinauf. Der Weg wurde von alten Pappeln flankiert, zwischen denen fröhlich Vögel hin und her flatterten.
>Endlich wieder daheim. <, flüsterte Elisabeth andächtig.
Der Zweispänner hielt und man stieg aus. Beth sog die frische Luft, die den leichten, würzigen Geruch des Meeres mit sich trug, tief in ihre Lungen. Ja dass war ihr Heim! Nicht das Internat von Chamberlain Hall. Genussvoll glitten ihre Augen über die edlen Mauern. Gebaut hatten viele Generationen an ihm. Die Gründungszeit war das 13. Jahrhundert. Seine Fassade zeigte die typischen Merkmale eines

englischen Herrenhauses des Südwestens. Das mittig gelegene Eingangsportal wirkte gegenüber dem dahinter aufragenden, lang gezogenen, zweigeschossigen und durch ein hohes Krüppelwalmdach, deutlich wuchtiger erscheinenden Hauptbaues, nahezu schmächtig. Linkerhand schloss sich ein kleiner Wintergarten an, während rechts das, noch aus spätgotischer Zeit stammende, Wirtschaftsgebäude mit seinen Stallungen emporwuchs. Umrahmt wurde dieses Bild von kräftigen Eichen, die sich fast in einem genauen Viereck, schützend um das historische Ensemble verteilten, und mit ihren weit ausladenden Zweigen ein sanftes Dämmerlicht verbreiteten.
Jenseits der Anlage gab es noch eine ruinöse Kapelle, von der nur mehr Chor und Altar halbwegs erhalten waren.
Beth und ihr Vater gingen zum Portal, wo bereits der Butler bereitstand, um die Herrschaften zu empfangen. Dahinter wartete die klassizistisch ausgestaltete, angenehm kühle, Eingangshalle auf Elisabeth. Sie war wirklich heimgekehrt.

Nachdem Elisabeth ihr geräumiges Zimmer bezogen und gegessen hatte, kam der Abend heran. Zusammen mit ihrem Vater saß sie im sogenannten Herrenzimmer, wo der Kamin ein geradezu wehendes Licht verbreitete. Lange unterhielten sich die Beiden, ehe John seine Tochter zu Bett brachte.
Mit einem unbestimmten gribbeln zog sich seine Tochter aus. Von ihrem Vater nackt gesehen zu werden erregte sie, und wie eine Erinnerung aus fernen Jahren schien ihr das Wissen: “Nur ihm alleine gehöre ich; liebe mich“.
Auch in Norton stieg das, von ihm lange unterdrückte, Gefühl stärker denn je empor, als er

verwachsenen Gnomen, welche nur darauf warteten wieder aus ihrer Erstarrung zu erwachen.

Unwillig schüttelte John den Kopf, verscheuchte so die sonderbaren Gefühle, musterte nochmals den leeren Gang und warf dann die Tür zu. Als er den Schlüssel herumgedreht hatte, sagte er zu Beth:

>Man sollte vorsichtig sein, sonst gehen einem die Nerven durch. Es ist nicht das erste Mal das sich die Fachwerkbalken hier verziehen und die Tür darunter ächzt. Aber es war das erste Mal in einem solchen Augenblick ...<

Als sich Beth nicht entspannte, ging ihr Vater quer durch den wohl eingerichteten Raum zu einem kleinen Schrank nahe dem Fenster, öffnete ihn und entnahm demselben zwei Gläser sowie eine Flasche. Bis zum Rand füllte er die Gläser mit einer roten Flüssigkeit und reichte eins davon seiner Tochter.

>Es ist ein französischer Likör. <, erklärte John und stieß mit seiner Tochter an, die sich allmählich wieder lockerer zeigte.

Mit einem Zug lehrte John Norton das Gefäß und seine Tochter tat es ihm nach. Der Geschmack war angenehm süß und das Gefühl, welches sich bald nach dem Genuss einstellte, erschien Beth nicht minder angenehm.

John entledigte sich des Nachtrocks und stieg wieder ins Bett zu seiner Tochter, deren Arme ihn sofort aufs innigste umfingen.

Das Glied des Mannes richtete sich erneut auf und diesmal fand es sein Ziel. Es brach in die Scheide des, gerade zur Frau sich entwickelnden Körpers ein. Beth stöhnte auf, aber das Stöhnen verkündete mehr Lust als Schmerz. Fest presste das Mädchen seine Lippen auf den Mund des Vaters. Die Zungen suchten und fanden sich, um miteinander zu spielen, während John mit rhythmischen Bewegungen dem Orgasmus zustrebte.

Weder Vater noch Tochter bemerkten, als der Höhepunkt erreicht war, das die Gaslampe schwächer wurde.

Der nächste Morgen kam viel zu schnell für die Liebenden. Als John aufstand, blickte Beth mühsam mit halb geöffneten Augen zu ihm hoch. Die zwei Gläser Likör wirkten noch nach. John lächelte seine Tochter an: >Schlaf noch weiter, niemand wird dich stören. <
Elisabeth nickte und schon war ihr Vater im Ankleideraum verschwunden.
Während Norton sich zu Recht machte, um für das Treffen um elf Uhr, bei dem es um eine Landübernahme ging, passabel auszusehen, verfinsterte sich sein Blick. Was hatte er getan? Inzest mit seiner noch nicht elfjährigen Tochter. Wenn dergleichen jemand heraus bekäme ...
Andererseits hätte er um nichts die Stunden der letzten Nacht missen wollen, und es war klar, dass es nicht bei diesem einmaligen Ereignis bleiben würde. Schon damals ..., noch zu Lebzeiten seiner Frau, hatte er Elisabeth viel zu sehr geliebt. Aber man passte eben so wunderbar zusammen. Warum musste sie nur seine Tochter und außerdem noch so jung sein? Aber war es nicht gerade dies, was alles bewirkte?
John stöhnte auf und vertrieb, so gut es ging, die Nachtmahre aus seinem Kopf. Dann schlich er leise vom Ankleidezimmer, an seiner wieder im Reich der Träume weilenden Tochter vorbei, hinaus auf den Gang. Bei Tageslicht bot dieser das gewohnte Bild, weit entfernt davon an nächtliche Albwesen zu gemahnen.
Als er die Treppe zur Eingangshalle hinunter stieg, überlegte der Industrielle noch, dass er dem Dienstpersonal auftragen musste, seine Tochter nicht

zu wecken und sein eigenes Zimmer unberührt zu lassen; einige Akten seien dort ausgebreitet würde er wohl sagen.

Kurz vor elf Uhr erwachte Elisabeth erneut. Gut gelaunt verließ sie das Bett, dessen Laken mit ein wenig Blut befleckt war, und ging in ihr eigenes Zimmer, wo sie sich wusch und anzog.
Als sie wieder auf den langen Korridor im ersten Stockwerk trat, hob ganz unerwartet ein großes Tohuwabohu an, welches aus dem Raum am Ende des Ganges drang, der mit seinen beiden Nebenkammern die gesamte rechte Längsseite des Herrenhauses einnahm. Beth erstarrte einen Augenblick, blickte auf die Türe, hinter der die merkwürdigen Geräusche zu hören waren, und rannte dann fort, die große Freitreppe hinunter ins Erdgeschoss.
Hier, wo von der Glaskuppel und durch mehrere große Fenster, fröhliches Tageslicht eingelassen wurde, beruhigte sich das Mädchen wieder, zumal auch von oben nichts Ungewöhnliches mehr zu vernehmen war.
Gemäßigten Schrittes ging Beth in den kleinen Speiseraum, der sich gleich an die Empfangshalle anschloss. Dort war zufällig ein Dienstmädchen anwesend und fragte Beth nach ihren Wünschen. Obwohl sie keinerlei Hunger verspürte, gab John Nortons Tochter die Anweisung ihr Spiegeleier und ein großes Glas Saft zu bringen. Als das Dienstmädchen gegangen war, ließ sich Beth an der Tafel nieder und starrte versonnen aus dem Fenster hinaus ins Eichengeviert. Dabei ging ihr sowohl das Ereignis von eben als auch die letzte Nacht durch den Kopf. Schließlich konzentrierte sie sich auf den angenehmeren Teil. Sie hatte gewusst, was ihr Vater insgeheim wollte und es in die Tat umgesetzt. Nun

gehörte er ganz ihr, und dies wiederum war Elisabeths Wunsch gewesen. Unwillkürlich lächelte das Mädchen; jetzt hatte man alles ein für alle Mal geregelt.

Nach dem Essen begab sich Beth ins Freie und gelangte schließlich zum Wintergarten. Die parkseitige Tür des großen Glashauses stand offen, Elisabeth trat ein. Schwüle, süßliche Luft empfing sie. Überall umgab saftiges Grün, in Form von Stauden, Blumen und Zierbäumen, das Mädchen. Den Mittelpunkt des weiten Raumes bildete ein hölzerner, fein gearbeiteter Tisch, den ebensolche Stühle umstanden. Der Boden strahlte in hellem Marmor. Zufrieden mit sich und ihrem Körper ging das Kind umher; ganz in Betrachtung der Pflanzen versunken.
Späterhin wusste Elisabeth sich nicht mehr zu sagen, wann genau ihr der veränderte Duft im Glashaus bewusst geworden war. Nach und nach hatte sich der Geruch von Lavendel in ihre Nase geschlichen, bis er schließlich drückend im Raum lastete. Beth schüttelte den Kopf, ein unangenehmes Gefühl bemächtigte sich ihrer. Irgendwie hatte sie ständig den Eindruck jemand stünde hinter ihr. Doch wie oft sie sich auch umdrehte, nie war etwas außer dem Pflanzengewirr zu sehen. Zuerst langsam, als müsse ein klebriger Teig durchwatet werden, dann aber immer schneller eilte Beth aus dem Glashaus.
Im Freien angelangt, wo die klare, vom Geruch des Meeres durchdrungene, Luft sie umgab, fühlte sich das Mädchen augenblicklich wohler. Die Bedrückung ließ schlagartig nach, löste sich auf wie ein Alb im ersten Licht des neuen Tages.
Eine Weile schlenderte Elisabeth noch im Park umher, bis sie das Geräusch einer vorfahrenden Kutsche vernahm, welches sie zum Haus zurückrief.

Als die Freitreppe in Sicht kam, blieb das Mädchen abrupt stehen. Ein Weib stand dort! Im Augenblick da es die Frau erblickte, schienen alle Geräusche ringsum zu verstummen. Kein Vogel war mehr zu hören, und keine sanfte Brise brachte die Bäume zum flüstern.
Von einem Gefühl, gemischt aus Vorahnung und Schrecken durchdrungen, versuchte das Mädchen zu erkennen, wer dort stand. Konnte es sein dass ...?
In diesem Moment schwang die rechte Kutschentür auf.
>John, Vater! <, rief Elisabeth und stürmte auf ihren Geliebten zu, um sich ihm schließlich in die Arme zu werfen.
>Vor einer Sekunde stand hier noch eine Frau. <, flüsterte Beth nach einigen Momenten.
John ließ, während er das Haar seiner Tochter streichelte, fast unwillkürlich den Blick nach allen Seiten streifen.
>Aber wer soll diese Frau denn gewesen sein und wohin ist sie verschwunden? <, fragte er sanft.
Elisabeth hob ihren Kopf: >Ich glaube es, ... es war Mutter! <
Der Mann kniete sich nieder und blickte in die herrlichen Augen seiner Tochter. >Aber Beth sie kann nicht mehr hier erscheinen, sie ist doch tot. <
>Dass weiß ich auch. Aber geträumt habe ich sicherlich nicht. Irgendwer stand hier und es war zweifelsfrei eine weibliche Person. <
>Vielleicht nichts weiter als eine Luftspiegelung oder eine Art Reflexion. <
Beth sah ihren Vater zweifelnd an, sagte aber nichts. Dann, während die Kutsche abfuhr, begab man sich ins Haus.

Der Nachmittag war harmonisch verlaufen. Norton und seine Tochter hatten die meiste Zeit in der

Bibliothek verbracht, von wo aus es auch einen Zugang zum Wintergarten gab, welcher sich dem Leseraum unmittelbar anschloss.
John hatte Beth einige der, teilweise erst kürzlich, erworbenen Pflanzen genauer gezeigt. Darunter auch zwei Fleisch fressende Arten, die sie besonders faszinierten. Das merkwürdige Ereignis hier und zuvor oben im Korridor erwähnte sie erst einmal nicht.
Schließlich, das Abendessen lag bereits eine Weile zurück, versank die Sonne im Westen und man entzündete das Gaslicht. Drohend verbreiteten sich in Nischen und Ecken geheimnisvolle Schatten.
Unmöglich war es, wegen der Bediensteten, sich zur gleichen Zeit zur Nachtruhe zurückzuziehen.
Somit tat dies Beth irgendwann zwischen neun und zehn, während ihr Vater nochmals ins Arbeitszimmer ging. Hier saß er lange am Schreibtisch und blickte versonnen vor sich hin. Am kommenden Morgen würde man sie droben nicht wecken, dies hatte er, mit dem Hinweis auf die notwendige Ruhe, welche Beth derzeit brauche, verfügen können, ohne Spekulationen und dem Gemunkel des Personals Vorschub zu leisten. Aber wie sollte es auf Dauer weitergehen?
Drei Jahre schon lockte die inzestuöse Liebe zu Beth den Mann. Davon abzulassen war unmöglich, spätestens seit der vergangenen Nacht. Sicher, schon einmal war es deshalb zu einer Katastrophe gekommen. Nicht zuletzt, sondern ausschließlich deshalb war seine Frau ...
Es hatte so kommen müssen, nur dies wusste er von jenem Tag mit Bestimmtheit. Aber man lebte im Jetzt, die Schatten der Vergangenheit mussten sich nicht wiederholen. Wichtig war nur eine vernünftige Planung wie man die weitere Beziehung ohne Gefährdung von außen gestalten konnte.

Der Großgrundbesitzer dachte lange nach und unterdrückte dabei jegliche Emotionalität. Schließlich glaubte er eine sichere Lösung gefunden zu haben, die auch gegen unvorhergesehene Störungen Schutz bot. Mit gutem Gefühl konnte er sich schließlich auf den Weg zu Bett machen. Da die Uhr bereits über elf hinweggegangen war, wollte er seine Tochter nicht mehr stören, jedoch wenn sie noch zu ihm käme ... John Norton hoffte darauf.

Nachdem Beth ihr schwarzes Nachtkleid angezogen hatte, legte sie sich ins weiche Bett, die Arme hinter dem Kopf verschränkt. Neben ihr auf dem Nachttisch stand eine wertvolle Porzellanpuppe, in deren weißem Gesicht sich die Flamme des Gaslichts spiegelte, welches Beth absichtlich brennen ließ.
Hoffentlich würde John bald nachkommen, war Elisabeths innigster Gedanke. Dieses Haus war viel ruhiger als Chamberlain Hall, ruhiger und leerer.
Fast eine Stunde lag Beth wach, aber dann schlief sie, trotz vielerlei Gedanken, ungewollt ein.
Es war kurz vor Mitternacht, wie die kleine Tischuhr zeigte, als Elisabeth aus einem merkwürdigen Traum erwachte. Noch immer brannte das Licht und noch immer herrschte diese große Stille im Haus.
Beth überlegte, dass ihr Vater mittlerweile wohl auch nach oben gekommen sein musste. Schnell schlüpfte sie aus dem Bett, öffnete die Zimmertür, drehte die Lampe ab und trat hinaus auf den Flur.
Trostlosigkeit warf sich ihr fast physisch entgegen. Ein einziges trübes Gaslicht erhellte den langen Korridor. Richtige Dunkelheit wäre hier angenehmer gewesen, als dieses öde glimmen welches in die Nischen zwischen den Schränken zitternde Gestalten malte, und die Gesichter auf den Gemälden zu verwesendem Fleisch herabwürdigte dass sich ab und an pestartig aufblähte.

Eilig brachte das Mädchen den Weg bis zum Zimmer seines Vaters hinter sich und verharrte schließlich vor dessen Tür.
Als sie gerade die Türklinke herabdrücken wollte, glaubte Beth aus den Augenwinkeln heraus, vor jenem Raum am Ende des Ganges, wo sie das Rumoren gehört hatte, ein mattes, unförmiges Gebilde zu sehen. Unwillkürlich wandte das Mädchen den Kopf und war sich nun gewiss, dass dort ein nebelhaftes Schemen existierte, welches ungefähr die Höhe eines ausgewachsenen Menschen hatte.
Mit größter Freude wäre Beth jetzt ins Zimmer ihres Vaters geflüchtet, doch die Erscheinung nahm ihr jede Bewegungsmöglichkeit. Als dann dieses ominöse Leuchten auch noch näher kam, glaubte Beth ihr Herz würde stehen bleiben.
Immer weiter rückte die Erscheinung vor, wurde dabei zusehends größer und zugleich immer matter.
Auf eine Entfernung von zehn Schritten hin war keine Begrenzung mehr sichtbar. Das unförmige Etwas hatte sich so ausgedehnt, dass es jetzt den gesamten Gang in Breite und Höhe einnahm.
Schließlich wurde die Spukerscheinung derart lichtschwach, dass die Gaslampe sie völlig überstrahlte und damit geradezu auflöste. Trotzdem konnte Beth sich noch immer nicht rühren, und das schlimmste kam denn auch erst Sekunden nach dem verschwinden der Erscheinung. Jäh wallte Eiseskälte über den Körper des Mädchens hinweg und ließ seine Haare zu Berg stehen.
Trostlosigkeit ohne Maß blieb noch einige Augenblicke nach dem eisigen Schauer zurück, dann fiel die Erstarrung von Beth ab und mit einem Aufschrei riss sie die Tür zu Johns Zimmer auf, um sich in seine Arme zu stürzen.

Norton war so erfreut über das Auftauchen von Beth, wie erschrocken über deren Zustand. Zitternd barg sie ihr Gesicht an seiner Schulter und schluchzte.

Sanft strich Johns Hand über ihr Haar, bis sie sich langsam beruhigt hatte. Dann fragte er: >Was ist denn passiert, meine Kleine? <

>Ich hab heute Nachmittag nicht geträumt, Vater! In diesem Haus spukt es. Glaube mir, bitte! <

Der Mann hatte mit einer solchen oder ähnlichen Antwort fast gerechnet; sie beinahe befürchtet.

Zärtlich legte er Beth ins Bett, stand auf, verschloss die Tür und setzte sich neben seine Tochter.

>Beth, meine geliebte Beth, dieses Haus hier ist alt, älter als man meint, jedenfalls in seinem Kern. Alte Gemäuer haben eine Art von Leben, sie ächzen und manchmal steigen Dämpfe aus den feuchten Kellern. Die Gasleitungen dehnen sich mit dem Gebälk, und so wird ab und an das Licht heller oder dunkler. Durch Ritzen in den Wänden kommen Tiere herein, und bei Dunkelheit wirken die vielen leeren Räume manchmal geheimnisvoll auf das Gemüt ein. Glaub mir, ich lebe seit meiner Geburt fast ständig hier, und noch nie ist hier etwas geschehen dass wirklich unerklärlich oder gar gefährlich wäre. <

Beth sah zu ihrem Vater auf. >Aber eben auf dem Gang war etwas Weißes und als es an mir vorbei strich, wurde mir eiskalt. Außerdem, was früher zutraf, muss ja heute nicht mehr unbedingt stimmen.<

>Ich weiß zwar nicht genau was du gesehen hast, doch es gibt hier leider mehr Zugluft als mir lieb ist und das Meer weht leicht, ganz unerwartet Nebelschwaden herbei, die im Licht beinah strahlen; wie du doch selbst weist. Könnte vorhin draußen nicht also etwas Ähnliches vorgefallen sein? <

Elisabeth überlegte einen Moment, dann antwortete sie: >Na ja, vielleicht schon. Zumal ich ja gerade vorher erst aufgewacht bin. <
John Norton nickte. >So war es sicher, meine Geliebte. Und nun wollen wir an etwas anderes denken. <
Das Mädchen lächelte verführerisch und zog sein Nachthemd aus. John entkleidete sich ebenfalls und dann lagen sich die Beiden in den Armen. Innig küsste man sich und John war erneut über Elisabeths Einfühlungsvermögen erstaunt.
Die Überlegungen des Mannes endeten, als Beth sein steifes Glied ergriff und in ihre, noch immer leicht schmerzende, Scheide einführte.
Alles ringsum versank während der sanften, zeitlosen Vereinigung von Vater und Tochter und keiner von ihnen hörte die, ohnehin nur zaghaften, an das letzte stöhnen eines Sterbenden erinnernden, Laute aus dem Zimmer am Ende des Ganges.

5

Julia erwachte in derselben Nacht gegen ein Uhr. Undurchdringliche Schwäre umgab sie. Eisige Kälte stieg in ihr auf und langsam merkte sie, dass ihre Füße im Wasser standen. Panik stieg in dem Mädchen auf. Wo war sie? Wie gewöhnlich hatte sie sich hingelegt, doch dass was jetzt ringsum lagerte, war nicht das, von schwachen Konturen angefüllte, Zimmer in dem riesigen Haus.
Unwillkürlich musste Julia an eine im Internat verbotene Geschichte des, mittlerweile verstorbenen, Amerikaners Poe denken. “Die Scheintoten” hatte sie vor gar nicht langer Zeit von Elisabeth erhalten – wie

auch immer ihre Freundin daran gekommen sein mochte.
Während vor Julia nun im Geiste die Passagen jener Geschichte vorbei glitten, stieg Todesangst in ihr auf. War diese undurchdringliche Finsternis, die einer Gruft? War sie lebendig begraben?
Das Mädchen schrie auf. >Elisabeth, hilf mir! <, waren die einzigen Worte, die es hervorbringen konnte.
In keinem Moment dachte Julia daran es könne alles nur ein Traum sein. Es war die Wirklichkeit.
Wimmernd stolperte das Kind, getrieben von wahnsinniger Furcht, bar jedem logischen Denken, vorwärts. Ein Stein legte sich ihm in den Weg und es fiel hin, aber das Aufstehen war eine Sache von ein, zwei Herzschlägen. Unmittelbar danach allerdings setzte eine massive Mauer allen Fluchtversuchen ein Ende. Julia prallte gegen die Schwärze und fiel auf den Rücken. Augenblicke lang bekam sie keine Luft und glaubte sterben zu müssen. Aber aus dieser absoluten Panik erwuchs auch eine gewisse Ruhe, nachdem die Atemnot schwand.
Julia sah sich in der “Gruft“ um und entdeckte, vielleicht fünfzehn Schritte entfernt, in dieser scheinbar absoluten Schwärze eine schwache Helligkeit von ovaler Form. Mit letzter Kraft hastete sie, mehrfach stolpernd und wirre Worte murmelnd, auf diesen “Hoffnungsschimmer“ zu; warf sich schließlich förmlich durch die sich auftuende Öffnung hindurch.

Hart schlug das Mädchen auf einem, mit Steinen durchsetzten Lehmboden auf. Von Angst durchdrungen sah es sich um. Trotz der dunklen Nacht fasste der Geist des Kindes endlich wieder die Realität und ließ wissen, dass die Umgebung nicht völlig fremd war.

Julia stöhnte auf. Sie wusste unvermittelt, wo sie sich befand – dort wo Elisabeths Geheimnis lag. Sie war in dem Gewölbe gewesen, wo ihre Freundin den Totenschädel gefunden hatte.
Nochmals stöhnte Julia auf, erhob sich dann und preschte durch das Unterholz, um nicht auch noch das grinsende Etwas ansehen zu müssen.
Ohne sich nochmals umzudrehen, floh das Mädchen ins Internatsgebäude und, unbemerkt auf sein Zimmer. So konnte es auch nicht sehen dass der ovale Schein, welcher durch das Kellerloch gefallen war, nun nicht mehr von draußen, vom Nachthimmel kam, sondern, aus dem alten Gewölbe durch die Öffnung hinaus schien.

Julia schlief in dieser Nacht kaum mehr. Es war nicht nur die Frage, warum sie zum ersten Mal schlafgewandelt war, die sie wach hielt. Mehr noch als dieses wühlte eine sonderbare Sehnsucht ihr Inneres auf, eine Sehnsucht, deren Art sie nicht verstand und die sie somit auch nicht verarbeiten konnte.
Immerzu war Elisabeth im Kopf des Mädchens. Schloss es die Augen, so trat seine Freundin unweigerlich hervor und sah es mit strahlenden Augen an. Einhergehend damit fühlte Julia ihren Körper in unsichtbarem Feuer brennen. Noch nie zuvor hatte sie dergleichen erlebt. Dies konnte kein einfaches Empfinden freundschaftlicher Art, bedingt durch die Trennung, sein. Es war mehr als dies und auch ganz sicher nicht abhängig von jener einen Nacht im Frühling. Es war mehr, aber was war es?
Wieder und wieder wälzte sich Julia im Bett umher, suchte eine Erklärung und konnte sie doch nicht finden – noch nicht.

Während draußen ein dunstiger Tag anbrach und die Vögel ihr fröhliches Gezwitscher anstimmten, fühlte sich die Internatsschülerin wie gerädert. Irgendwann fing sie tonlos an zu weinen. Was war nur los mit ihr? Immer wieder glaubte sie in dem Gewölbe zu stehen, dass Elisabeth ihr gezeigt hatte, und genauso oft vermeinte sie die Freundin sei bei ihr.

Umso schlimmer war die Wahrheit, die ihr sagte: >Beth ist fort, weit fort. Vielleicht denkt sie nicht einmal mehr an dich! <

Als die Schule begann, gelang es Julia absolut nicht sich auf den Unterrichtsstoff zu konzentrieren.

Niemand konnte sie von ihren Gedanken abbringen. Alles schien so leer seit letzter Nacht. Es gab nur eines, was sich Julia in all ihrer unbeschreiblichen Verwirrung wünschte; Elisabeth wieder zu sehen.

Das Benehmen des Mädchens fiel natürlich alsbald den Lehrkräften auf und am Nachmittag wurde es, nach einer kurzen Untersuchung, wegen Fieber ins Bett geschickt. Keiner konnte ahnen, wie froh es darob war. Nicht länger musste es die Gesichter der anderen Mädchen sehen, deren Gerede ihm plötzlich so abstoßend vorkam.

Allein im Zimmer und wirklich von einem unheiligen Fieber befallen, konnte Julia sich endlich wieder dem einzigen Gedanken widmen, der sie seit der geisterhaften letzten Nacht – die ihr bereits wie ein Traum erschien – nicht mehr aus dem Kopf ging. Elisabeth hieß dieser Gedanke.

6

Elisabeth erwachte gegen zehn Uhr am morgen. Draußen sangen auch hier die Vögel unter einer dunstverhangenen Sonne. Die Vorhänge waren zurückgezogen und ließen die Helle des Tages durch die großen Scheiben einfallen. Mit einem Seufzer erhob sich das Mädchen und blickte dann lächelnd an seinem Körper herab. Am Nachmittag würde der Arzt Lyell erscheinen, doch Elisabeth störte dies nun nicht mehr. In der vergangenen Nacht hatte John ihr versprochen dass sie nie mehr zurück ins Internat würde gehen müssen. Privatlehrer waren für ihre weitere Ausbildung vorgesehen. Der Besuch von Lyell war also von keinerlei entscheidender Bedeutung mehr.

Professor Lyell erschien kurz vor der Teestunde im Hause Norton. Kameradschaftlich begrüßte ihn John in seiner Bibliothek. >Nun George, so sehen wir uns also doch mal wieder. Da wohnt man nun in engster Nachbarschaft und läuft sich fast sechs Monate nicht über den Weg. Aber jedenfalls siehst du gut aus. <

Der Angesprochene lächelte und strich sich in alter Gewohnheit über seine Koteletten, die seinem schmalen Gesicht, zusammen mit der Brille in Elfenbeinfassung, etwas unbestreitbar Würdevolles verliehen. >In der Tat, wir haben uns viel zu selten gesehen, aber schließlich warst du ja in letzter Zeit auch kaum vor Ort. <

John nickte bedächtig. >Ja seit meine Frau gestorben ist, hab ich mich nur um die Geschäfte gekümmert; zu viel um die Geschäfte gekümmert. Aber dies ist jetzt erstmal vorbei. Ich denke die Leute, die ich eingesetzt habe, sind zuverlässige Kandidaten und so werde ich mich nun wieder hauptsächlich hier aufhalten. Umso mehr als ich Elisabeth nicht mehr zurück ins Internat schicken werde. Sie wird in Zukunft hier unterrichtet. <

>Aus den Gründen, die du mir in deinem Brief geschildert hast? <

>Auch deshalb, ja. Außerdem ist die Atmosphäre in Chamberlain Hall wohl nicht die, welche Elisabeth braucht. Letztlich ist es natürlich auch für mich schöner sie bei mir zu haben, sie füllt das Haus mit mehr leben. <

John Norton stand auf, um sich selbst und seinem Freund Whisky einzuschenken.

>Und du gedenkst dich nicht wieder zu verheiraten?<, fragte Lyell unterdessen.

John schüttelte den Kopf. >Ich sehe nicht ein, dass es Sinn macht eine Ehe einzugehen mit jemandem den man nicht liebt, nicht versteht und der die Einsamkeit somit nur noch größer macht. <, erklärte er und dachte, während er seinem Freund den Whisky reichte, doch etwas anderes.

>Also denn. Kommen wir auf den Kern deines Briefes zu sprechen. Du willst doch, auch nach deiner Entscheidung Elisabeth hier zu behalten, dass ich mich mit ihr unterhalte? <, wollte der Professor wissen.

>Ja, wenn auch mehr pro forma. Du hast neben der Medizin schließlich auch den Geist des Menschen studiert. Auch wenn ich glaube, das Beth ganz einfach nur das Internat satthatte, will ich doch sehr gerne deine Meinung zu ihrem Verhalten dort hören.<

>Selbstredend. Man will sich nicht erst um das Kind kümmern, wenn es mit dem Bade ausgeschüttet ist. <

>Genau dies ist meine Intention. Du wirst Elisabeth denn auch gleich wieder sehen, wenn wir zum Tee gehen. <

>Oh, du bist ja zu einer wahrhaftigen Lady herangewachsen. <, stellte Lyell ohne Schmeichelei fest, als er Elisabeth auf der Terrasse im Rücken des Hauses erblickte. Das Mädchen trug ein helles Kleid mit Blumenmuster, über das sein seidiges Haar sich in sanften Wellen ergoss. Elisabeth reichte dem

Professor die Hand, machte einen anmutigen Knicks und lächelte in ihrer gewinnenden Art.
Wenig später saß man beim Tee an einem grazilen, weiß lackierten Holztisch und unterhielt sich in ungezwungener Atmosphäre, sodass es kaum auffiel, wie Lyell das Gespräch langsam aber unweigerlich in Richtung Internat lenkte.
>So, und du bleibst uns jetzt ja hier als Sonnenschein erhalten, hat dein Vater mir vorhin gesagt. <, streute der Professor schließlich ein.
Elisabeth nickte eifrig. >Ja, ins Internat muss ich nicht mehr zurück. <
>Hat es dir denn dort nicht gefallen? <
Das Mädchen schüttelte den Kopf. >Nein, zum Schluss überhaupt nicht mehr. Die anderen Mädchen waren nahezu ausnahmslos nichts als Albernheiten. Ach ja und die Lehrerinnen haben uns manchmal drei Tage lang dasselbe beigebracht. Es war wirklich zum einschlafen. <
>Hattest du deshalb auch den, nun, Ärger mit deinen Mitschülerinnen? <
Elisabeth warf einen kurzen Blick auf ihren Vater den Lyell durchaus registrierte, ehe sie antwortete: >Ja, wohl deshalb. Es ist langweilig, wenn man mit niemandem reden, oder etwas Vernünftiges tun kann. Man kommt sich auch so alleine vor. Ich hatte keine richtige Freundin mehr. Na ja, bis auf eine. Aber kaum war ich mit Julia, so heißt sie, zusammen und wir wollten etwas unternehmen, versuchte sich gleich wieder irgendwer anzuhängen. <
George Lyell nickte verständnisvoll. >Sicherlich hat dein Ärger dich auch abends verfolgt und du hast öfters schlecht geschlafen; vielleicht auch schlecht geträumt? <
>Nein, eigentlich nicht. Natürlich habe ich oft gehofft und gebetet wieder zu Hause zu sein, aber ansonsten ging es eigentlich. Um genau zu sein, war ich

meistens froh, wenn es Nacht wurde, dann hatte ich meine Ruhe oder konnte mit Julia zusammen sein. <

In solcher Art verlief also das Gespräch und der Abend kam heran. Man hob die Runde auf und Elisabeth verließ die beiden Männer.
Im stehen wandte sich Lyell nochmals an seinen Kommilitonen und meinte: >John, deine Tochter ist nicht nur sehr hübsch, sondern auch überaus intelligent. Was die Ereignisse in der Lehranstalt betreffen, brauchst du dir wahrlich keine Gedanken zu machen. Elisabeth ist den meisten Kindern ihres Alters voraus. Sie konnte sich also mit ihnen im Internat nicht mehr richtig verstehen. Durch den, im allgemeinen fürs spätere Leben sicherlich sehr nützlichen, Zwang und die Einengung war es ihr nicht möglich sich richtig zu entfalten. Das fehlen der Möglichkeit sich darzustellen machte sie einfach aggressiv. Dies ist alles. Wäre deine Tochter mit Kindern ihrer Art zusammen gewesen, hätte es die Probleme nicht gegeben. Geistige Anormalitäten weist Elisabeth gewiss nicht auf, was sie aber lernen muss, ist ein gewisses Maß an Anpassungsfähigkeit, sonst wird sie als Frau später zu oft anecken. Darauf solltest du achten, kannst aber im Übrigen wirklich ganz beruhigt sein. <
Professor Lyells Ausführung war damit beendet und John öffnete gerade die vergitterte Glastüre zum Vorlegeraum der Terrasse als sie ein Gepolter wie von einem duzend wild gewordener Pferde empfing. Eindeutig kam der Lärm von rechts. Dort lag, hinter der mit marmornen Kacheln belegten Wand des Vorraumes, die Bibliothek.
Nur Augenblicke verharrten die Männer, dann eilten sie, John zuvorderst, durch den Vorlegeraum in die Empfangshalle und von dort in die Bibliothek, welche

lediglich auf diese Weise erreichbar war. Unterwegs schloss sich ihnen Arthur Harrington, der Butler an.
Das Bild, das sich den Dreien beim eintreten bot, war ein recht sonderbares. Es sah aus wie nach einer Schlacht. Ein guter Teil, wohl drei Viertel aller Bücher, waren aus den Regalen auf den Boden geworfen worden, wo sie eine regelrechte Hügellandschaft bildeten. Und in der Mitte dieses Chaos', direkt neben dem Lesetisch, stand Elisabeth!
>Beth, was ist hier ...<, hub John Norton an, als er sich auch schon jeder weiteren Fortführung seiner Frage verlustig sah, da nun oben, vom ersten Stock her ein ähnlicher Tumult zu hören war wie vorhin an diesem Ort.
>Arthur, sie bleiben hier bei Beth. Wir sehen oben nach. Ach ja, und geben sie mir den Schlüssel zum ..., nun sie wissen ja zu welchem Zimmer. <, bestimmte der Großgrundbesitzer.
Harrington, der mit fünfundfünfzig Jahren eine recht lange Erfahrung in seinem Amte hatte, nickte mit stoischer Mine und förderte binnen Kurzem den gewünschten Schlüssel zutage.
Schon Augenblicke später waren Lyell und Norton oben in jenem Zimmer am Ende des Ganges angelangt, wo das zweite Tohuwabohu ausgebrochen sein musste. Aber zu ihrem Erstaunen empfing der Raum sie in völliger Ruhe. Nichts war im muffig riechenden Gemach von seinem Platz gestoßen. Nur vom Windzug der sich öffnenden Türe waren Staubteilchen, die jetzt in einem verirrten Sonnenstrahl tanzten, aufgewirbelt worden. Keinerlei Geräusch war mehr vernehmbar, und das Fenster zeigte sich bei der Überprüfung als fest verschlossen.

>Sonderbar. <, murmelte Lyell mehrmals, als die beiden Männer in die Bibliothek zurückkehrten, wo

der Butler und das Mädchen sich weiterhin aufhielten.
>Elisabeth <, sagte John leise, als er sich neben seine Tochter kniete, >was um alles in der Welt war hier los? <
Zuerst schien das Mädchen gar nicht zu reagieren. Dann warf es sich aber unvermittelt dem Vater um den Hals und stieß aufgeregt hervor: >Oh Gott, ich weiß es nicht. Ich wollte ein Buch holen und kaum war ich im Raum da flogen alle Bücher durch die Gegend, wie bei einem Wirbelsturm. Ein paar haben mich auch getroffen. Dann war Stille und kurz darauf kamt ihr. Was ist nur los hier? <
>Nichts Beth, nichts was sich nicht erklären lässt. <, flüsterte John Norton und streichelte die Wange seiner Tochter. >Gar nichts, Elisabeth. Wir bekommen dass in Ordnung. <

Wenige Minuten später waren George Lyell und John Norton allein in der Bibliothek bei einem weiteren nicht eingeplanten, Whisky. Elisabeth befand sich in der Obhut von Harrington und der Haushälterin Misses Doyle.
>John <, setzte der Professor an, >ich glaube ich bin ein recht ausgeglichener Mensch, aber dass eben ist mir doch etwas suspekt und ich wäre froh, wenn du mir sagen könntest, was hier vorgegangen ist. <
John Norton lachte freudlos. >Eine gute Frage, aber leider kann ich sie nicht mit einer passenden Antwort parieren. Elisabeth kann jedenfalls nichts damit zu tun haben. <
>Logischerweise. Deine Tochter ist sicherlich nicht Herkules und selbst dieser alte Held hätte in seiner Glanzzeit Mühe gehabt innerhalb einiger Sekunden all diese Bücher <, Lyell machte eine ausgreifende Handbewegung, >also all diese gewichtigen Werke herunterzureißen. Ganz schweigen will ich von dem

Krach – und ich glaube wir haben ja nicht alle Halluzinationen gehabt - dessen Ursache sich nicht in den fallenden Büchern finden lässt und den Elisabeth bestimmt nicht herbeiführen konnte. Drum würde ich ja auch ganz gern wissen, was hier los ist. Als Wissenschaftler schlagen mir ungeklärte Fragen nun mal auf den Magen. <

>Schon seit meine Frau sich vor zwei Jahren umgebracht hat, geht ab und an merkwürdiges in dem Haus vonstatten. <, räumte John jetzt ein und fuhr fort: >Türen knallen, ohne dass ein Windzug herrscht oder wenn sie abgeschlossen sind. Gegenstände verschwinden, tauchen unerwartet wieder auf und ähnliches. Seit aber Elisabeth zurück ist, hat sich solches Geschehen derart gesteigert, dass man's nicht mehr nur mit Zufällen erklären kann. <

John bemerkte das zweifelnde Gesicht seines Gegenübers und fügte hinzu: >Du brauchst durchaus nicht zu glauben ich wäre grundsätzlich der Ansicht hier ginge Etwas um dass eigentlich nicht mehr umgehen dürfte, aber leider fehlt mir bislang eine vernünftige Erklärung. Immerhin; nun immerhin mag es jedoch sein, dass ich einen möglichen Anhaltspunkt gefunden habe. <

>Dann spann mich nicht auf die Folter und sag deine Meinung. <

>Dazu musst du erst etwas über meine verstorbene Frau erfahren, von dem fast niemand eine Ahnung hat. Eleonore hatte eine Affäre! <

Lyell stieß geräuschvoll die Luft aus. >Dass hätte ich in der Tat nicht geglaubt. <

>Ich lange auch nicht, aber etwa drei Monate vor ihrem Tod war die Sache bei mir zur Gewissheit geworden. <

>Daraufhin hast du sie zur Rede gestellt? <

>Nein, sie hat nie erfahren, was ich weiß. Du kennst mich. Ich lebe gerne in Ruhe und nichts ödet mich

mehr an als Szenen und Ränke. Meine Frau war ja rund zehn Jahre jünger als ich, wie du weißt auch recht ansehnlich und ziemlich oft alleine. Kurzum ich hielt die Sache für etwas vorübergehendes, zumal Eleonore sich in meiner Gegenwart verhielt wie früher auch. Ein längerer Urlaub, eine Weltreise, wenn die Finanzen der Nortons wieder auf gesunden Füßen standen – so dachte ich – würde den Zustand auf die problemloseste Art wieder in geregelte Bahnen lenken. Nicht zuletzt deshalb hatten wir in den Wochen vor Eleonores Tod so zahlreiche Empfänge. Das soweit als Einleitung. <

>Ehe du fortfährst, lasse mich dich noch etwas fragen. <, unterbrach ihn der Arzt, nippte an seinem Whisky und wollte dann wissen: >Weißt du, mit wem deine Frau eine Beziehung unterhielt. Du brauchst mir den Namen nicht zu nennen; nur, weißt du es? <

John schüttelte knapp den Kopf. >Dies habe ich nie herausgefunden, wiewohl ich einige Mühe darauf verwendete. Allerdings habe ich auch niemanden einschalten wollen der meine Frau überwacht. Somit kenne ich weder den Namen noch die genaue Dauer der Affäre. Seit Eleonores Tod war es mir dann auch egal. Um aber auf meine, nun nennen wir es, "wachsende Vermutung" zurückzukommen. Wenn meine Frau sich nicht wegen des Endes der Beziehung in Panik umgebracht hat, könnte dieser unbekannte Liebhaber, falls es so ernst war, doch denken, dass ich etwas mit Eleonores Tod zu tun habe. Somit hätte er, wenn es ihm denn Ernst war, einen guten Grund mich zu belästigen. <

>Es ist wirklich eine ziemlich fragliche Vermutung. Prinzipiell wäre Rache ja ein Motiv, aber wer würde sie auf solche Weise ausführen und wie könnte dieser Jemand im Hause unbemerkt ein und ausgehen, oder etwa ein solches Chaos wie vorhin bewerkstelligen. Wohl bemerkt in so kurzer Zeit, ohne dass wir

technische Hilfsmittel gefunden hätten und in Anwesenheit deiner Tochter? <

>Dass frag ich mich ja auch. Aber meine Überlegungen in dieser Richtung sind nicht erst heute geboren worden, und so etwas wie eben hat es bislang noch nicht gegeben. <

>Die Polizei weiß von der Liebschaft sicherlich auch nichts, und wir können auf ihre Mitwirkung nicht setzen. <

>Nein, ich habe ihnen damals nichts gesagt. Zum einen wegen der Tratscherei und – warum soll ich's verschweigen – auch um nicht in ein verdächtiges Licht zu kommen. Zwar war ich am fraglichen Abend noch gar nicht zuhause, aber bitte … <

>Durchaus verständlich, durchaus verständlich, John. Also wollen wir das Pferd einmal aufzäumen. Lassen wir erstmal alles Übernatürliche beiseite und denken logisch nach. Weißt du irgendetwas über geheime Gänge, durch die man unbemerkt ins Haus gelangen könnte? <

>Daran dachte ich auch schon. Aber ich muss dich enttäuschen. Seit im sechzehnten Jahrhundert die Ringmauern geschleift und die Gräben zugeworfen wurden, sind sämtliche Bauakten aufgehoben worden. Es findet sich kein Anhaltspunkt für etwelche Gänge. Und dann gehört den Nortons das Anwesen, jedenfalls wenn man den früheren Familienzweig, anderen namens, mit einbezieht, immerhin schon gut zweihundert Jahre. Hätte es geheime Wege gegeben, die nicht aufgezeichnet wurden, wären sie trotzdem längst entdeckt und überliefert. Der einzige "geheime" Raum ist ein Kabinett unter dem Dach, sonst nichts. <

>Dann die nächste Frage. Könnte ein Dienstbote, so er nicht der Liebhaber selbst war, etwas mit der Sache zu schaffen haben? <

Wieder musste John Norton verneinen. >Außer Harrington wohnen nur die Haushälterin und ein Dienstmädchen hier im Haus. Dann gibt es lediglich noch den Gärtner. Er ist älter, verheiratet und lebt in den Wirtschaftsgebäuden. Alle anderen Bediensteten wohnen außerhalb im Dorf. Niemand von ihnen kommt für die Ereignisse in Frage. <

>Also kein unbemerktes Eindringen und keiner aus dem Haushalt. Was könntest du als Alternative anbieten? <

>Nichts. Dass ist ja das Dilemma, an dem meine Überlegungen bislang scheiterten. <

>In dem Falle müssen wir uns leider auf dünnes Eis begeben. Nehmen wir einmal an nach Eleonores Tod, ist doch etwas von ihr in diesem Haus zurückgeblieben …<

>George! Halt deine Überlegungen im Zaun. <, unterbrach Norton den Professor. Dieser aber winkte ab und fuhr fort: > … nehmen wir nur einmal an, eine gewisse Kraft, eine Erinnerung der Toten, ein Odem ihrer Selbst, hätte sich in diesen Mauern festgesetzt, dann könnte Elisabeths erscheinen jene Kraft wieder aufgeweckt haben. Eine Kraft, vielleicht magnetischen Ursprungs, die sich jetzt entlädt, um irgendwann ihre aufgespeicherte Energie zu verlieren und so zu vergehen.

Gewiss, dies ist keine auch nur annähernd vollständige Erklärung und sie sagt mir auch nicht besonders zu, aber unsere Wissenschaft hat die Quelle aller Weisheit noch nicht gefunden.

Lassen wir das Ganze als Arbeitshypothese einmal, so stehen und bauen darauf auf, dann würde sich folgende Möglichkeit abzeichnen: Wenn du mit Elisabeth einige Tage von hier wegfährst, dürfte euch eigentlich nichts Ungewöhnliches widerfahren, da die Kraft wohl im Hause festsitzt. Gut möglich, dass sie sich während eurer Abwesenheit verliert. Sollten sich aber auch fern dieses Ortes Merkwürdigkeiten bei euch ereignen; nun so träfen wir auf ein höchst interessantes Phänomen, welches in größerem Umfange zu würdigen wäre. <

Norton verzog unwillkürlich sein Gesicht. >An und für sich habe ich das Gefühl, dass ich, nach deinem Vorschlag handelnd, etwas annehme, das für mich nur Humbug ist. Andererseits liegt mir ja viel daran, die Ruhe wieder herzustellen, und ich könnte vielleicht auch feststellen, ob nicht doch Eifersucht beziehungsweise Rachegefühle von irgendwem dahinter stecken.

Die nächsten fünf, sechs Tage bin ich unabkömmlich, aber dann werde ich mit Beth ein oder zwei Wochen verreisen, sofern du hier gelegentlich die Augen schweifen lässt. <

>Einverstanden. Ihr verlasst das Haus, und ich komme einige Male vorbei und sehe, ob sich irgendetwas ereignet. Außerdem würde ich vorschlagen dass du dir umgehend einen vertrauenswürdigen Mann nimmst, der das Gebäude kontrolliert und auch während eurem fernbleiben mir Auskunft erteilt, ob sich etwas zugetragen hat. Was hältst du davon? <

>Eine gute Idee, nur wen soll ich nehmen? <

>Kein Problem. Ich kenne jemanden der dies in die Hände nimmt und absolut vertrauenswürdig ist. Wenn's dir recht ist und bei ihm nichts ganz Außergewöhnliches anliegt, schicke ich den Mann übermorgen vorbei, sodass du mit ihm reden kannst. Er ist Chef einer Gebäudeüberwachung und ich kenne ihn von früherer Zeit her. Er heißt passenderweise Mason. Ich denke nicht, dass du ihn kennst. <

>Dies zwar nicht, aber wenn du ihn für geeignet hältst, ist es mir recht. <

Nach Besprechung noch einiger weiterer Details schieden die beiden Männer voneinander. John Norton blieb alleine in der Bibliothek zurück. Seine Gedanken kreisten um das Gespräch und jene Sache, die darin nicht zur Sprache gekommen war, die nie zur Sprache kommen durfte; seine Liebe zu Elisabeth. Besonders ungern hatte er in diesem Zusammenhang den Hinweis auf eine, irgendwie geartete Kraft, die im Hause sitze, vernommen. Das Gefühl ein körperloses Wesen – und diese Befürchtung war ihm insgeheim schon mehrmals gekommen, auch wenn er es öffentlich nicht zugeben wollte – um sich zu haben, ein Wesen, welches, gleich einer Spinne, ein für Fliegen, oder in diesem Fall für Menschen, unsichtbares Netz ausgelegt haben mochte, erfreute ihn gar nicht. Dies vor allem im Hinblick auf seine Tochter, die er vor Ängsten oder Schlimmerem zu schützen, bei solchem Gegner, sich kaum fähig fühlte. Nichts anderes gab es wohl zu tun, als Lyells Rat zu befolgen und baldmöglichst erst einmal fortzufahren. Fortzufahren mit Elisabeth, alles hinter sich zu lassen außer ihrer beider Liebe.

Lange noch blickte John Norton durch ein Fenster der Bibliothek hinaus in die Landschaft. Eine von der Sonne merkwürdig verwandelte Landschaft, voll schlagender Schatten, greller Lichtflecken und grün beschatteter Haine.

Als der Großgrundbesitzer schließlich den Raum verließ, flüsterte er leise: >Elisabeth. <. Seine Gedanken waren dabei so vollständig bei der Tochter, dass er überhaupt nicht vernahm, wie hinter ihm eine Vase, im Gleichklang mit der sich schließenden Türe, von der Fensterbank fallend, ja nahezu fliegend, mitten auf dem Boden, zwischen einigen der noch herumliegenden Büchern, in zahllose Stücke zersprang.

John und seine Tochter waren endlich wieder “zu zweit allein“. Es war schon spät am Abend. Das Mädchen lag im Bett seines Vaters, während dieser sich gerade auszog, und trank ein Glas Wein, der schnell den Geist zu benebeln begann.
>Vater, < sprach Elisabeth dabei leise. >dass was heute passiert ist, kann doch nicht mehr normal sein. Was steckt dahinter? <
John nippte an seinem Cognac und antwortete dann mit ebenfalls gedämpfter Stimme: >Ich weiß es auch nicht mehr, Beth. Aber es wird sich klären. In ein paar Tagen werden wir deshalb eine Reise unternehmen. <
>Eine Reise! < Elisabeths Augen glänzten und dies kam noch nicht vom Wein.
>Ja, eine Reise und zwar rüber aufs Festland. <, erklärte John, während er kontrollierte, ob die Türe abgeschlossen war und dann ebenfalls ins Bett stieg.
>Wenn wir drüben sind, wird hier alles aufgeklärt. Das verspreche ich dir. <, versicherte der Mann und nahm seine Tochter in den Arm. Fest schmiegte sie sich an ihn, während sein Glied hart wurde. Alsbald drang er in die heiße Scheide des lieblichen Körpers ein und in innigster Vereinigung überließen sich die beiden Menschen ihren Träumen.
Draußen lagerte schwer die Nacht. Doch vergeblich versuchte sie, das Gaslicht im Zimmer zu ersticken.

Fröhlich zwitscherten wieder die Vögel; weckten Beth und John aus einem erholsamen Schlaf. Es war bereits relativ spät, doch die Beiden blieben noch eine ganze Weile beisammen im Bett liegen.
Alle Schatten der letzten Nacht waren verschwunden. Ein Regen am frühen Morgen hatte die Luft gereinigt, und als man schließlich zum Frühstück ging, atmete draußen, ja atmete bis zu einem gewissen Grad sogar das Haus, unbändige Lebenslust aus.

>Wir fahren also wirklich fort? <, versicherte sich Elisabeth beim Essen nochmals.
John Norton lächelte. >Ja mein Liebling, am kommenden Sonntag, oder Montag, sind wir fort von hier. Dann besuchen wir Paris und Rom. Wenn wir zurückkehren, ist dieses Haus wieder Normal, das heißt, wir wissen, wer uns einen Streich spielt, oder welcher Magnetismus am Werke ist, der uns so verwirrt. <
Ob dieser Worte schmiegte sich Elisabeth, wie ein junges Kätzchen schnurrend, in die Arme ihres Vaters.

>Gut denn, alles ist soweit geklärt, und wenn irgendetwas sein sollte, wirst du mich ja schnell ausfindig machen können und telegrafisch entsprechend informieren. Im Übrigen hoffe ich auf drei ruhige Wochen. <
John Norton gab George Lyell die Hand, und so trennten sich die beiden Männer wie vorgesehen voneinander. Für John waren die letzten Tage zwar wegen seiner beruflichen Anspannung anstrengend gewesen, aber die Ruhe im Hause hatte ihn und seine Tochter doch positiv gestimmt. Nichts weiter Ungutes war den beiden Liebenden aufgestoßen. Eine unerwartet aufgeflogene Tür und ein Bild, bei dem ein Nagel am Halter nachgegeben hatte, waren alles, was der Großgrundbesitzer im Geist gespeichert hatte. In der Tat nicht mehr als es in jedem anderen, normalen Haus auch zu erwarten sein musste.
Mit bestem Gefühl also verließen John und Elisabeth das Anwesen in Richtung Dover, während Lyell ihnen lange nachsah und schließlich gedankenverloren durch das, einfach gehaltene, Eingangsportal ins Innere des Gebäudes trat.
Niemand außer ihm war jetzt mehr im Haus. In den Wirtschaftsgebäuden nahebei wohnte natürlich

weiterhin der Gärtner samt Familie. Ihm, zusammen mit dem von Lyell beauftragten Wächter, hatte man die Aufgabe zugewiesen, den Besitz aufs Genaueste zu kontrollieren. Lediglich einmal je Woche würden noch zwei Aufwartefrauen für Ordnung und frische Luft sorgen, ansonsten aber lag der Hauptbau in völliger Leere da.

Als nun Lyell die weiten Fluchten mit ihrem, zum Teil altersgrauen Inventar durchstreifte, kamen ihm so manche Gedanken, die, wären sie Norton bekannt gewesen, ihm alles in einem anderen Licht hätten erscheinen lassen, in einem Licht freilich welches die Wahrheit auch nur zum Teil erhellte.

Mühsam drang die Morgensonne durch die, nur zu oft, mit Glasmalereien verzierten Scheiben und ließ vielfarbige Muster auf dem Boden entstehen.

Es brauchte seine Zeit bis Lyell den Gang im ersten Stock bis zu seinem äußersten Ende durchmessen hatte, wo jenes ominöse Zimmer lag, dessen Besitzerin er gekannt. Vielleicht war es nur die Gedankenflut, die ihn nicht jene Lichtfülle bemerken ließ, welche sich von dort in den Korridor ergoss. Doch wie dem auch sei, plötzlich stand der Professor vor jener, allgemein immer verschlossenen Pforte und fand sie weit offen stehend vor. Was hatte ihn zu diesem Ort geleitet? Lyell spürte eine unnatürliche Kälte in sich aufsteigen. Vereinbart worden war zwischen ihm und Norton nur, die Eingangstüren abzuschließen und auf ihre Sicherheit hin zu überprüfen, dann das entsprechende Zweitschlüsselpaar an Mason zu übergeben und alle drei Tage im Beisein des Wächters die Räumlichkeiten zu inspizieren.

Jetzt aber stand Lyell, nachdem er dummerweise durch das Erdgeschoss gegangen und dann die Freitreppe hinaufgestiegen war, vor jener Tür, die eigentlich geschlossen hätte sein müssen und jetzt

doch so unverholen das nämliche Zimmer präsentierte, aus dem sich Elisabeths Mutter in den Tod gestürzt hatte.
Was George Lyell in den folgenden Momenten erlebte, konnte nur ein Albtraum sein; geboren aus den Eindrücken innerhalb des alten Herrenhauses, mit seinem knarrenden Gebälk, den schweigenden, staubdurchwehten Korridoren und den unnatürlich wirkenden Lichteffekten, verursacht durch die bemalten Fensterscheiben. Für sich objektiv sah der Arzt, in jenem Augenblick, wo er der offenen Türe gegenwärtig wurde, eine Frauengestalt die, mit nahezu entfleischtem Gesicht und daher grauenhaft lächelnd, gekleidet in ein fröhliches Festkleid, vom Bette her auf das Fenster zuschritt, um mit einem Satz, der in keiner realen Welt hätte stattfinden dürfen, federleicht durch die Scheiben zu springen und in der Tiefe zu versinken.
Ohne wirklich zu denken, stürzte Lyell ins Zimmer, riss das Fenster auf und starrte hinunter. Drunten lag ein nun zur Gänze skelettierter Körper, dem noch Reste des einst prunkvollen Kleides anhafteten, und streckte sehnsüchtig seine Knochen dem entsetzten Beobachter entgegen!
Lyell schrie unterdrückt auf und wandte sich um. Aber schon erwartete ihn im Gemach ein neuer Schrecken. Mochten es nun die durch seine Schritte aufgewirbelten Staubflocken sein oder nicht, jedenfalls entstand im Sonnlicht vor ihm eine schwach schimmernde Gestalt, die sich ihm auch noch zu nähern schien.
Mit dem verbliebenen Rest seines analytischen Verstandes bemeisterte Lyell die in ihm aufsteigende Panik, drehte sich von der Erscheinung fort und blickte aus dem Fenster hinaus, dorthin wo zuvor das abscheuliche Skelett gelegen hatte. Nichts war mehr

von ihm zu sehen. Die Blumen waren unberührt und leuchteten friedlich in der Sommersonne!
Mit neuer innerer Kraft versehen stellte sich Lyell jetzt der Erscheinung im Raum. Langsam zuerst, dann aber zügiger und schließlich völlig beherzt, näherte der Mann sich dem Etwas und kurz bevor er es erreichte, verschwand das Ding. Nichts als ein kalter Odem, wie er jederzeit aus den dicken Mauern dringen konnte, umwehte den Professor.
Voll frischen Mutes, über seine ängstliche Einfältigkeit und die daraus geborenen Halluzinationen spottend, ging er aus dem Gemach hinaus, warf die Türe hinter sich zu, suchte den passenden Schlüssel aus dem Bunde, den ihm Norton übergeben hatte, schloss ab und ging von dannen.
Gerade als George Lyell die Treppe zum Erdgeschoss erreichte, schlug hinter ihm eine Türe hart zu. Es war diejenige die er eben verschlossen hatte, die Türe zum Zimmer am Ende des Ganges.
In – wie er sich späterhin selbst eingestand – überstürzter Eile verließ Lyell das alte Gebäude und kehrte in sein eigenes, wohnliches Haus zurück.

7

Julia glaubte nun endgültig wahnsinnig zu werden. Die Sommerferien hatten sie zwar von den meisten kichernden Gören befreit, aber auch die Zeit zum nachdenken war mehr den je gegeben.
Der Gedanke fortzulaufen kam dem Mädchen an einem gewittrigen Abend. Dunkel hingen draußen die Wolken über dem Park des Internats, während aus der Ferne bereits Donnergrollen herüber drang.

Langsam zog sich Julia aus und legte sich dann nackt – in verbotener Weise also – aufs Bett. Zärtlich betasteten ihre Hände den schönen, eigenen Körper, welcher bei geschlossenen Augen zu dem von Elisabeth zu werden schien.

Unterdrückt stöhnte Julia auf. Sie musste zu ihrer Freundin, zu ihrer ... Erstmals drang der Gedanke von Liebe wirklich in das Gehirn des Mädchens und zwar in einer Weise, die nicht nur den Geist, sondern auch den Körper meinte.

Julias Hand glitt zwischen ihre Schenkel, wo es feucht zu werden begann. Erst zaghaft, doch dann immer fordernder strich sie über ihren langsam erwachenden Kitzler und stellte sich vor, Beth sei es die solches tue.

Widerstreitende Gefühle wogten im Inneren des Kindes. Die Sittsamkeit, die Angst vor dem Verstoß gegen religiöse Gebote, versuchten die Liebe niederzukämpfen und erzeugten Schuldgefühle. Doch sie zersprangen wie ein Glas in tausend Scherben, als das Mädchen seinen ersten Orgasmus hatte.

In diesem Augenblick war es Julia klar: Sie musste zu Elisabeth, musste deren wundervolle Stimme hören und Körper an Körper gepresst, jene Wonnen erleben, welche Lust hießen.

Dass Einzige was dem entgegen stand – denn vor Repressalien irgendwelcher Art hatte Julia keine Angst – war die Beziehung von Elisabeth zu ihrem Vater, welche jetzt in ihrem geistigen Auge eine ganz andere Bedeutung erlangte. Doch lieber Beth nicht ganz allein haben, als sie gar nicht besitzen.

Lange noch kreisten des Mädchens Gedanken um diese Dinge, bis es endlich am späten Abend, während draußen sich das Gewitter austobte, einschlief.

Weit entfernt zog eine nebulöse Erscheinung durch die Gänge eines leeren Hauses und lenkte ganz sanft, ohne sich seiner Selbst völlig bewusst zu sein, alles darauf hin eine unbeglichene Rechnung aus der Welt zu schaffen.

Am Tage nach dem Gewitter besorgte sich Julia mit einigen sehr netten Worten vom, für die Internatsbibliothek zuständigen Lehrer, erst einmal einen umfangreichen kunsthistorischen Reiseführer durch England. In gewünschter Weise beschrieb dieser, neben allen möglichen mehr oder weniger bedeutsamen historischen Bauten, auch recht genau jene Route, die zu Elisabeths Heim führte.
Dreimal aber musste die Sonne noch aufgehen bis Julia alles beisammenhatte, um bereit zu sein für den Weg, der sie zu ihrer Geliebten führen sollte.

Als das erste Morgengrauen über dem Land hing, brach Julia auf, gehüllt in ein verschlissen aussehendes Kleid, wie es Waschmägde gemeinhin trugen. Sie hatte es allerdings aus dem, für kleine Theateraufführungen der Kinder vorgesehenen, Fundus des Internats "erbeutet".
Alles was sie sonst noch für nötig erachtete, trug Julia in einem Wäschebeutel mit sich.
Solcherart gewappnet verließ die Schülerin das Internat. Ging über jenen Pfad, über den sie und Beth, vor gar nicht langer Zeit in das geheimnisvolle Gewölbe eingedrungen waren, und gelangte endlich, ohne dass jemand von den wenigen, in Chamberlain Hall, während der Ferien zurückgebliebenen Personen, sie bemerkt hätte, an die Umfassungsmauer des Anwesens. Einer der unmittelbar an dieser emporwachsenden Bäume half Julia beim überwinden des letzten Hindernisses und ihre Wanderschaft konnte beginnen.

Als die Sonne aufging, wandelte Julia Golding bereits auf dem Weg, der sie irgendwann zum Landsitz der Nortons führen musste. Verpflegung hatte das Mädchen genug mitgenommen und so schritt es viele Stunden, von kurzen Pausen abgesehen, in guter Stimmung gen Westen.
Als aber die letzte Siedlung schon eine ganze Strecke weit hinter ihm lag und die nächtlichen Schatten niedersanken, wurde es ihm doch sonderbar zumute und es fragte sich, wo es wohl schlafen konnte, außer im Wald, der ihm indes etwas Angst machte. Just um diese Zeit aber war noch ein Fuhrwerk unterwegs das ein Bursche von zwanzig Jahren lenkte, der jüngste Spross eines Bauern mit nicht unerheblichem Grundbesitz ganz in der Nähe. Die Reparatur zweier Räder und der Aufenthalt im nächsten Gasthaus hatten länger gedauert als geplant und so war der Mann erst jetzt auf der Heimfahrt. Als er um diese Stunde Julia am Wegesrand erblickte, zügelte er sein Pferd und sprach das Mädchen, in dem er niemals eine Internatsschülerin vermuten konnte, an. >He Kleine, was treibt dich denn um diese Zeit hier noch um? Stammst du aus der Gegend? <
Julia schüttelte den Kopf. >Nein, aber da wo ich seit einem Jahr als Küchenhilfe war, in dem Schulheim; also dass gibt es jetzt nicht mehr und so muss ich wieder heim. Wohnen tu ich in Erresburry. < (Unwillkürlich hatte sie der geplanten Lüge, Erresburry als Wohnort hinzugefügt, da es nicht weit vom Hause der Nortons entfernt lag.)
Der Mann nickte und sprang vom Bock des Gefährts. >Na Mädchen, das ist aber noch weit. Ich war vor Jahren schon mal in Erresburry. Am besten du schläfst heute bei uns im Stall. Morgen, nach einem guten Frühstück, gehst du dann weiter. Komm steig auf! <

Dankend nahm Julia das Angebot an und fuhr alsbald neben dem Bauernsohn auf dem Wagen mit.

Als das letzte Licht des Tages gerade entfloh, hielt der Mann, der sich als Joshua vorgestellt hatte, vor der genannten Scheune, die etwa fünfhundert Schritte vom Bauernhof entfernt, am Rande eines großen Ackers lag.

Hinter ihrem Führer betrat Julia das hölzerne Gebäude. Flackerndes Licht aus der Petroleumlampe, die Joshua entzündet hatte, ließ die Größe der Scheune nur schwer erahnen. Das erste neue Heu war gerade eingefahren worden und so lag ein schwerer Duft in der schwülen Luft.

Joshua schloss hinter Julia die kleine Mannpforte und wand sich dann dem Mädchen zu: >So, für die Fahrt hierher und diesen sicheren Schlafplatz habe ich doch sicher einen kleinen Lohn verdient, oder? <

>Und was willst du? <, fragte Julia, die sich schnell an den anderen Umgangston gewöhnt hatte.

Der Mann lächelte verschmitzt. > Eigentlich bis du ja noch zu jung, aber zieh dich trotzdem mal aus! <

Das Mädchen erzitterte. Vor kurzem wäre sie noch ahnungslos gewesen, aber jetzt wusste und ahnte es einiges mehr und fragte also: >Muss dass sein? <

Die Züge Joshuas wurden etwas härter. >Mach keine Zicken, oder ich lass dich als Streunerin und Diebin ins Gefängnis stecken. Wo du von da aus dann landest, ist dir doch wohl klar, oder? <

Julia nickte – obwohl es ihr durchaus nicht klar war – und zog sich aus.

Nur ein paar Herzschläge vergingen, dann stand vor dem Mann ein nacktes Kind mit entzückendem Äußeren.

>Ich glaube dies reicht als Bezahlung. <, murmelte Joshua und stellte die Lampe auf ein grob gezimmertes Brett, welches auf zwei schweren Nägeln

an der Scheunenwand ruhte. Danach trat er vor Julia und ließ seine kräftigen Hände über den zarten Körper gleiten.

>Dir fehlt zwar das Obenrum, aber ansonsten bist du doppelt gut. Also wiegt die eine Sache die andere auf, denke ich, und daher wird sich jetzt flachgelegt! <

Joshua warf Julia fast aufs Stroh und stürzte hinterher. Augenblicke darauf hatte sein Glied sich tief in ihre jungfräuliche Scheide gebohrt, um dann rhythmisch wieder und wieder vorzupreschen.

“So geht dass also”, dachte Julia, deren Geist sonderbar unberührt alles registrierte während des Mannes Lippen sich fest auf die ihren pressten und sie unwillkürlich die Arme um seinen Nacken legte.

Wenig später spritzte es heiß in den Unterleib des Kindes und der junge Mann legte sich schwer auf seinen Oberkörper.

Als er sich schließlich erhob, sagte Joshua grinsend: >Gut meine Kleine, wirklich gut. Dass soll dir erst mal Eine nachmachen. Wenn’s das erste Mal unten ganz richtig war, so hatst du doch wohl schon Ahnung anderer Art. Stimmt’s? <

Julia sah den Mann nur wortlos lächelnd an. Trotz der Schmerzen war sie froh im Gefühl etwas bewiesen zu haben, etwas, dass vielleicht auch Beth ihrem Vater bewiesen hatte.

Joshua nahm das Lächeln als Bestätigung seiner Vermutung an. >War mir klar. Weißt du, wenn wir jetzt ’ne Magd gebrauchen würden, wärst du sofort bei uns. Aber wie wär’s, wenn ich dich noch ein Stück weiterfahre und wir die Sache noch mal in aller Ruhe morgen wiederholen? <

>Einverstanden. <, war alles, was Julia mit ihrer angenehmen Stimme erwiderte.

Bald darauf verließ der Mann das “Küchenmädchen”, und fuhr es am nächsten Tag, nach einem weiteren

Ausflug aufs Heu, ein gutes Stück näher an Erresburry heran.
Julia Golding, schon ganz eingeführt in das Leben eines Kindes aus dem untersten Stand, war froh wieder allein und froh viel näher an ihrem Ziel zu sein.

8

Noch eine Nacht verstrich, aber am darauf folgenden Tag war es, soweit, Julia gelangte zum Grundstück der Nortons. Im frühen Morgenrot hatte das Mädchen seine Schlafstätte, einen öden Schuppen, verlassen und war dorthin gewandert, wohin Einheimische es gewiesen hatten. Jetzt, im klaren Licht eines herrlichen Sommertages erreichte sie das Herrenhaus, wo Elisabeth wohnte.
Keine unüberwindbare Mauer schirmte das Anwesen ab, nur eine dichte Hecke zeigte die Grenze an, wohinter die Nortons nicht gestört werden wollten. Julia war schnell durch die Sperre hindurchgebrochen und befand sich alsbald auf dem, von Pappeln umstandenen Kiesweg, der direkt zum Herrenhaus führte.
Zögernd, nicht bar einer gewissen Furcht ging Julia weiter voran und erblickte erstmals den Sitz der Nortons. Lang gezogen war seine, weiß verputzte Fassade, in deren Mitte sich das Eingangsportal geradezu versteckte. Eichen filterten das Sonnenlicht, zu einem merkwürdigen Grün, während ihre, weit ausladenden, Zweige zugleich den Versuch machten, irgendein Geheimnis zu verbergen.
Erstmalig fragte sich Julia, während ein kalter Schauer sie trotz der warmen Luft durchrieselte, ob ihre Entscheidung herzukommen richtig war.

Indes, der Gedanke an Beth ließ sie neuen Mut fassen und die sonderbaren Gedanken beiseite schieben. Vorsichtig, aber unwiderruflich näherte sie sich dem wuchtigen Gebäude.
Schließlich erreichte Julia den Wintergarten und ging, beinah auf Zehenspitzen, an seinen schweigenden Fenstern, mit den unbekannten Pflanzen dahinter, vorbei in Richtung des Hauptportals. Unverändert sonderbar kam ihr die Stimmung im Haus vor. Kein Leben schien im Inneren zu herrschen, anders, ganz anders als in Chamberlain Hall. Selbst die Geräusche der Natur drangen nur wie aus weiter Ferne und durch dichten Nebel heran.
Trotz des unguten Gefühls ging das Mädchen weiter, ständig in der Furcht von einem der Bediensteten verjagt zu werden, bevor es Elisabeth seine Ankunft mitteilen konnte, und erreichte endlich das Portal.
Wie überrascht aber war Julia, als sie die Eingangstür verriegelt vorfand. War dies bei solch einem Haus um diese Zeit nicht ungewöhnlich? Zusammen mit der, ihr so unnatürlich vorgekommenen Stille, mochte dies vielleicht bedeuten, dass Elisabeth und ihr Vater, gar nicht anwesend, womöglich sogar verreist waren!
Trauer überkam das Mädchen, doch schnell entschloss es sich, so nahe am Ziel nicht aufzugeben. Irgendwie würde es ins Gebäude eindringen und dort auf die Rückkehr der Geliebten warten; so diese denn wirklich abwesend war.
Unumstößliche Tatsache war es für Julia dass ein Anwesen wie dieses nicht nur nicht unbewacht, sondern auch nicht ungelüftet, über Tage hinweg, bleiben konnte. Gestützt auf solche Gewissheit umschlich sie das Haus und fand schließlich auf dessen Rückseite auch tatsächlich ein geöffnetes Fenster. Im Schutz der mächtigen Eichen und einiger

hochgebundener Rosensträucher schlüpfte das Mädchen durch die Öffnung.
Zögern, die Befürchtung hegend gleich einem Bediensteten ins Gesicht zu sehen, blickte sich Julia in dem Raum, wohinein sie gelangt war, um. Unmengen von Büchern standen in Regalen an den Wänden aufgereiht, und verstrahlten das Gefühl von ungeheurem uraltem Wissen, welches sogar die Luft träge werden ließ.
Vorsichtig stahl Julia sich durch den Raum und überprüfte, ob die Türe sich öffnen ließ. Auch hier hatte sie Glück. Der linke Flügel schwang auf, und sie gelangte ohne Probleme in die Empfangshalle.
Vielfach gebrochen fiel das Licht durch die Fenster oberhalb des Eingangsportals auf den Treppenaufgang. Ohnehin kein festes Ziel vor Augen, folgte Julia dem Licht und stieg, immer darum bemüht keinen Laut zu verursachen, die Stufen hinauf.
Oben angekommen wandte sich das Mädchen, von seinem Blickwinkel her, nach links. Es erprobte die erste Tür ebenfalls linker Hand und fand sie unverschlossen. Vorsichtig spähte es in den Raum.
Es war ein großes Zimmer, an dessen linker Längswand, unmittelbar vor dem Fenster, ein märchenhaftes Himmelbett stand, dem sich ein vielfach verzierter Eckschrank anschloss. Auch das übrige Mobiliar atmete Gediegenheit aus, ohne jedoch eine gewisse kindliche Verspieltheit leugnen zu können, die von den, zahlreich auf einem, in schwarzem Holz szintillierenden Tisch, stehenden und sitzenden Pupen unterstrichen wurde. Mehr als all dies bemerkte Julia aber den Geruch eines bekannten Parfüms. Elisabeth hatte es immer von ihrem Vater geschenkt bekommen und, trotz des Protestes von Miss Stone, täglich verwendet. Zweifel

gab es keine mehr für Julia, sie war im Zimmer ihrer Geliebten angekommen.
Vorsichtig, als könne es zerbrechen, setzte sich das Mädchen aufs Bett und vernahm fast gleichzeitig draußen auf dem Korridor Schritte.
David Mason, Leiter und Angestellter zugleich in seiner Gebäudeüberwachungs-Agentur, hatte das Herrenhaus der Nortons betreten, um zu kontrollieren, ob alles seine Richtigkeit habe. Der knapp fünfzigjährige Mann, mit einem von Alkohol aufgedunsen Gesicht, betrat dieses Gebäude nicht gern. In all seiner Rohheit, die er vielleicht bei dem gewählten Beruf brauchte, spürte er doch immer ein höchst sonderbares Wehen, sobald sich die Pforten des Landhauses hinter ihm geschlossen hatten. Dass er nicht schnellstens, bei Professor Lyell, seinen Auftrag gekündigt hatte, lag zum einen an notorischer Geldknappheit und zum anderen an den zahlreichen Verpflichtungen, welche ihn an den Gelehrten banden.
Wie Mason an diesem Tag, da auch Julia ihr Ziel erreicht hatte, das Gebäude aufsuchte, war er bereits durch einige Schnäpse gestärkt, sodass ihm die sonderbare Stimmung innerhalb des Hauses nicht mehr viel ausmachte.
Beschwingt und guter Dinge durchquerte er die Räume des Erdgeschosses, kontrollierte Türen wie Fenster, auf den ihnen zugedachten Zustand und stieg dann die Treppe nach oben.
Erheitert, nicht nur durch den Alkoholgenuss sondern vor allem durch die Gewissheit, dass es sein letzter Rundgang war – am nächsten Tag würden die Dienstboten zurückkehren und bald darauf auch der Eigentümer des Anwesens – öffnete Mason die Tür zu Elisabeths Zimmer; und erstarrte!

Vor dem Mann stand ein Mädchen von zehn oder elf Jahren, in bäuerliches Gelump gehüllt und blickte ihn aus großen Augen an.
Nach zwei Sekunden hatte sich der Wächter gefangen und ging auf das Kind zu. Hinter ihm schlug die Tür ins Schloss.
>Wer bist du, freches Gör, das du in ein fremdes Haus eindringst? <, fragte Mason und war sich dabei durchaus bewusst, dass seine Stimme leicht zitterte.
Julia allerdings erbebte noch mehr und zog sich zum Fenster zurück, wobei sie stotternd hervorbrachte: >Ich bin eine Freundin von Elisabeth Norton. <
>Ein Bauernkind dass stehlen will bist du, sonst nichts! <, fuhr der Mann sie an und näherte sich bedrohlich. Schon hob sich seine Hand um aus dem Kind die Wahrheit herauszuprügeln als hinter ihm, mit demselben Ton, wie zuvor, die geschlossene Türe zufiel!
Mason erstarrte, blickte sich furchtsam um und glaubte das Zimmer plötzlich von einer fremdartigen Präsenz erfüllt.
>Du bist Sie! <, stieß er hervor. >Verdammte Hexe, lass mich in Ruh'! <
Der Mann machte alle Anstalten, in seinem Wahn, Julia den Hals umdrehen zu wollen. Doch einen Schritt vor dem Mädchen stolperte er über den Kopf einer Puppe, die bis eben, zusammen mit ihren Artgenossinen, auf dem Tisch gestanden hatte, nun aber irgendwie, auf den Boden gelangt war. Das Ergebnis jedenfalls war ein furchtbares. Mason stürzte, unmittelbar an Julia vorbei, durchbrach das Fenster und fiel, den Kopf voran, aus dem ersten Stock, hernieder auf die Erde. Ein kurzes Zucken noch, dann lag sein Körper leblos vor dem Landhaus.
Julia, ganz gefangen in dem Schrecken, den sie soeben erlebt hatte, registrierte nur im Unterbewusstsein, dass es sich wieder so anhörte, als

ob die, doch geschlossene Türe, zufalle und jene unbeschreibliche Präsenz sich verflüchtigte.
Langsam sank das Mädchen zu Boden und ein einer Ohnmacht ähnelnder Schlaf überkam sie.
Alle Puppen standen oder saßen wieder an ihrem gehörigen Platz auf dem Tisch.

9

John und Elisabeth Norton kehrten von ihrer Reise über den Kanal zurück. Es war eine wundervolle Zeit gewesen, voll neuer Eindrücke für das Mädchen und voll unbeobachteter Liebe des Mannes mit seiner Tochter.
John waren keinerlei Ungewöhnlichkeiten während der gesamten Zeit, da er außerhalb des Herrenhauses geweilt hatte, aufgefallen, und auch Elisabeth hatte diesbezüglich nichts vermeldet. Jetzt jedoch brachte sie die Kutsche wieder heimwärts, zum Anwesen der Nortons und man würde sehen ...
Es war ein diesiger Nachmittag, da sich das Gefährt dem geschichtsträchtigen Bauwerk näherte, und beide Reisenden waren von Gedanken umfangen, die sie jetzt nicht aussprechen wollten.
John Norton überlegte was nun wohl wieder im Haus geschehen würde, warum es geschehen würde oder ob vielleicht nichts geschehen würde und nicht zuletzt, ob jener Hintergrund der Ereignisse welche er nunmehr, wenn auch unwillig, einem ganz bestimmten Geschehen zuzuordnen sich geneigt sah, womöglich durch einen Umzug unterbunden werden könnten.
Elisabeths Gedanken gingen eine ähnliche Bahn wie die von John, wenn sie auch andere Schwerpunkte setzte. Nicht weniger als ihr Vater, sehnte sie sich,

nach körperlicher Liebe, mehr noch als früher, aber auch nach geistiger Einheit, wie Beth sie, erst in letzter Zeit, fern des Hauses, in ganzem Ausmaß zu spüren bekommen hatte. Würde dies so bleiben, wenn man das alte Domizil wieder bezogen hatte? Würden die öden Erscheinungen nicht wieder beginnen und den Frieden der Liebenden stören, stören mehr denn je?

Auch Elisabeth war während der Reise von geisterhaften Dingen weitgehend verschont geblieben, wenn auch nicht so vollständig wie offenbar ihr Vater, dem sie aber von den ungewöhnlichen Kleinigkeiten nichts erzählt hatte. Ob nun diese oder jene Türe – man sollte diese verfluchten Dinger am besten allesamt durch Vorhänge ersetzen – durch Luftzug oder etwas anderes zugefallen, ob nun diese oder jene Sache aus Zufall verschwunden war, mochte sie selbst nicht zu sagen. Was dem Mädchen aber am stärksten, während der ganzen Reise, anhaftete, war jener eine Traum gewesen, der sich wieder und wieder einstellte:

Eine weitläufige Räumlichkeit, vielleicht das Abbild von Chamberlain Hall, an dem so viele Jahrhunderte gearbeitet hatten. Ein verwinkelter Korridor. Schwaches Gaslicht. Von vereinzelten Fenstern einfallender, kalter, grauer Mondschein. Schließlich ein graziles Mädchen, dessen Gesicht aber keine Konturen besaß, sondern lediglich eine uniforme Maske zeigte und das durch jenen Korridor hetzte. So begann der Albtraum jedes Mal.

Das Kind läuft durch den Gang, ein Mann taucht auf, setzt ihr nach, in der linken Hand ein Krummschwert. Schließlich endet der Korridor vor einem großen Fenster. Das Mädchen dreht sich um. Der Mann, unbestimmbar in Alter und Art, kommt heran, bereit sein Schwert zwischen die Beine seines ausgewählten Opfers zu stoßen. Plötzlich erscheint

eine Frau. Eine schemenhafte Gestalt ganz in Weiß. Der Mann erstarrt. Die Frau ergreift seine Hand, geleitet ihn zum Fenster. Er lässt die Waffe fallen, springt hinaus. Die zerbrochenen Scheiben schließen sich. Die Frau löst sich auf, verschwindet im Nichts. Zurück bleiben das Mädchen und das Krummschwert. Das Kind umfasst den Griff der Waffe. Es geht in ein Zimmer, wo viele Puppen stehen. Eine liegt auf dem Boden. Es ergreift sie, stößt ihr das Schwert tief, viel zu tief zwischen die Beine. Blut fließt, viel zu viel Blut. Das Blut füllt den Raum. Alles verlöscht.
Elisabeth musste während der Heimfahrt immer wieder an diesen farbigen Traum denken, und sie hatte das Gefühl, dass er ihr etwas sagen wollte. Auskunft gab über ein Ereignis, das auf dem Besitz der Nortons stattgefunden hatte.

Im unwirtlichen Lichte eines dunstigen, schwülen Sommernachmittags erreichte die Kutsche ihr Ziel.
Keine Bediensteten standen vor dem Haus als John die Kutsche verließ und daraufhin Elisabeth aus dem Gefährt half. Erst dann gewahrte er den Mann, welcher, die Freitreppe herab, auf das Paar zukam. Professor Lyell war es, der lächelnd zur Begrüßung die Arme hob. Elisabeth erschauerte jedoch ganz plötzlich.
Zweierlei war es, das Beth wusste, bevor Lyell zu sprechen anfing. Zum einen musste etwas Schreckliches geschehen sein und zum anderen war der Kulminationspunkt des Grauens noch nicht erreicht, er wartete noch – ganz in der Nähe!
Noch viel direkter als dies Wissen griff den Geist des Mädchens aber etwas an, dass nur es selbst sehen konnte und sein Vater offenbar nicht.

Wie es Elisabeth gelang ruhig, ja gefasst zu bleiben, sich nichts anmerken zu lassen, nichts zu sagen, hätte sie niemandem erklären können.
Hinter Professor Lyell, gleichsam als riesige Projektion seiner selbst und dennoch von anderer Gestalt, schwebte eine grauweißliche Erscheinung, deren Ausstrahlung von unauslöschlicher Tragik geprägt war. Mahnend schien sie die Arme zu heben, um alsbald eins zu werden mit dem Herrenhaus, welches sie geradezu aufsaugte.

Professor Lyell begrüßte die Heimkehrer eher knapp, wenn auch höflich und nahm gleich darauf John beiseite. Dann verkündete er mit regungsloser Mine: >Vorgestern ist hier ein merkwürdiger Unfall geschehen, John. Es hat einen Toten gegeben, den Mann, den Angestellten welchen ich zur Überwachung des Hauses eingesetzt hatte. <
John Norton starrte sein Gegenüber scheinbar minutenlang an, bevor er sich von der Mitteilung erholt hatte. Nicht der Tod eines Menschen war es, der so schockierend wirkte, sondern das Wissen um die Fortdauer der Geschehnisse im Herrenhaus, die jetzt offenbar so kraftvoll waren, dass Menschen ihretwegen sterben konnten.
In der Tat war es für den Großgrundbesitzer so sicher, dass der Tod jenes Mannes von den im Haus wirkenden Kräften herbeigeführt worden war, dass er gar nicht nach einer anderen Erklärung fragte. Erst Lyells Erläuterungen über die Polizeiarbeit ließen ihn "logische" Gründe für den Unglücksfall wieder in betracht kommen.
>Die Polizei <, begann der Professor seinen Bericht, >glaubt Mason habe einen Dieb gestellt, der ihn daraufhin durch ein Fenster im ersten Stock gestoßen habe. Anzeichen für Gewalt haben sich im Hause allerdings eben so wenig finden lassen wie andere

Hinweise auf einen Einbrecher. Auch der Gärtner sowie dessen Familie haben nichts besonders bemerkt. <
Voll unguter Vorahnungen fragte John Norton darauf seinen Freund: >Stürzte Mason aus dem Zimmer, das an dem einen Ende des oberen Korridors liegt? <
Das kopfschütteln Lyells war so beruhigend, wie seine darauf folgende Äußerung unweigerlich ganz neue Bedenken wecken musste: >Nein, John. Der Mann fiel aus dem Fenster von Elisabeths Zimmer! <

Beth hatte erfahren, was in ihrem Elternhaus geschehen war und es war keine große Überraschung gewesen. In diesem Moment saß ihr Vater mit Lyell und der Polizei im Bibliothekszimmer und ließ sich Einzelheiten über das Ereignis mitteilen, wie er auch seinerseits Fragen beantwortete. Unsinnige Fragen, wie Elisabeth wusste, denn was sollte er schon erzählen? Geschichten von Geistern etwa?
Das Mädchen hatte das Gefühl dem Geheimnis nahe zu sein, sehr nah. Beseelt von diesem Gefühl ließ es das Herrenhaus, mit seinem Wintergarten, hinter sich und verschwand zwischen den Bäumen im Park.

Die Sonne wurde schon vom Dunst des Horizonts verschluckt, als Elisabeth sich auf einem Stein niederließ, den irgendwann einmal ein Gärtner neben einem kleinen Teich, der mittlerweile eher ein Tümpel war, positioniert hatte.
Über das moorige Wasser schwirrten Libellen, stiegen auf zu den Ästen der ringsum aufstrebenden Bäume und ließen sich wieder niedersinken.
Beth' Seelenzustand hatte sich während der letzten Stunden völlig geändert. Noch zu Beginn der Kutschfahrt schien alles rein und klar, doch dann war etwas niedergesunken, hatte sich aufs Gemüt des

Mädchens gelegt und jenes Ereignis angekündigt, von dem es vorhin Kunde erhalten hatte. Von Mord!
Es mochte also kein Wunder sein dass Elisabeth jetzt, während sie, die schwere Luft des Tümpels atmete, an die Tote, den Toten, oder jenes Etwas in Form eines Schädels dachte, dass so nahe bei Chamberlain Hall lag, und ihr, bislang immer, als Sinnbild für Ruhe und Frieden gedient hatte. Jetzt indes wurde das Gewölbe für Beth zum Mahnmal für Fäulnis, Gestank und zu einem Hort, wo die unruhigen Toten darauf sannen, wie sie wieder mit der Welt der Lebenden in Kontakt treten konnten.
Tief bedrückt von solch neuer Einsicht, wünschte sich das Mädchen, diesen Ort Julia, ihrer einzigen Freundin, nie gezeigt zu haben.
Was würde Julia wohl fühlen, was denken, wenn sie zum verbotenen Platz schlich, um mit ihrer Freundin eins zu sein? Wohnten dort vielleicht auch Rachewesen, die sich eines Tages auf Julia stürzen würden wie auf sie und ihren Vater? Lebte Julia überhaupt noch? War ihr Schicksal der Auslöser des einen, immer wiederkehrenden Albtraumes?
Elisabeth hatte das dringende Gefühl die Freundin warnen zu müssen, vor dem was ihr und ihrem Vater wegen der Liebe schon passiert war und das nur noch schlimmer werden konnte.
Binnen zwei Minuten waren solche Gedanken durch den Kopf des Mädchens gewandert, und noch bevor es entscheiden konnte, ob Julia wirklich gewarnt werden musste, ob die Freundin überhaupt noch an den verbindenden Ort dachte, erschrak es, wegen eines Geräusches, das hinter einem prachtvollen, mit blutroten Beeren voll hängenden, Holunderbusch entstanden sein musste.
Elisabeth starrte in Erwartung von allem Denk- oder Undenkbarem in Richtung des Geräusches, und

plötzlich erschien ein Mädchen neben dem kraftvollen Holunderstrauch.
Dieses Mädchen war jedoch in keiner Weise verbunden mit den Toten, wo immer sie auch hocken mochten, sondern nur mit Elisabeth!
Lange braune Haare, die, immer wohlgeordnet, ein hübsches Gesicht umrahmt hatten, vielen wirr auf ein zerrissenes, schäbiges Kleid, welches eine Seele umfing die Elisabeth so gut kannte.
>Julia! <, rief John Nortons Tochter aus und lief auf ihre Freundin zu, die sie müde anlächelte.
Als Beth Julia erreicht hatte, streckte diese beide Arme vor und umschlang schluchzend den Hals der Geliebten.
Gemeinsam sanken die beiden Mädchen ins dünne Gras, unter den weit ausladenden Ästen der Eichen im Park.

Schon begann das gedämpfte Licht dieses drüben und verhangenen Tages zu weichen, als Julia endlich soweit zu sich gefunden hatte, dass sie überhaupt klare Worte hervorbringen konnte.
>Beth, ich liebe dich! <, war das erste was das Mädchen überhaupt sagte. Dann fuhr es fort: >Ich liebe dich mehr als sonst etwas auf der Welt und ich darf es, sie hat es mir erlaubt. Ich darf dich lieben! <
Elisabeth hielt ihre Freundin fest in den Armen und versuchte das gehörte zu verarbeiten. Doch schon sprach Julia mit ihrer süßen Stimme weiter.
>Ich habe es in Chamberlain Hall ohne dich nicht mehr ausgehalten und bin geflohen, getarnt mit dieser Kleidung hier. < Julia hob ihren zerfetzten Rock etwas an.
>Es war nicht einfach zu euch zu kommen, aber es hat geklappt. Doch dann ...< Julia begann zu schluchzen und presste sich noch enger an Beth.

>Auf dem Weg hierher musste ich einem Mann zu gefallen sein, du weißt, dass was ich von dir weiß. Aber dass war gar nicht so schlimm, aber als ich dann hier war ...<

Wieder stockte Julia, musste sich erneut sammeln, um dann fortfahren zu können: >Ich kam leicht ins Haus, und war dann in deinem Zimmer, wo mir schon die Tatsache klar war, dass du verreist sein musstest. Im Haus versteckt wollte ich auf dich warten und dann kam dieser Mann. Er schrie mich an, wollte mich schlagen und was sonst noch tun. Plötzlich wurde es kalt im Zimmer, und irgendwie war das Licht ein anderes. Dann, als er auf mich zustürzte, muss er über etwas gestolpert sein und fiel aus dem Fenster.

Später, als ich wohl aus einer Ohnmacht erwachte, es war vorgestern, floh ich in den Park, verbarg mich hier und schließlich kamst du. <

Beth nickte. >Ich ahnte es schon, bevor ich zurückkam, ich träumte es. Aber was sollen wir jetzt weiter machen? <

Julia sagte nichts, sondern presste sich wieder fester an ihre Freundin.

>Man sucht dich, das ist klar. So vergesslich ist unser Internat denn doch wieder nicht, und ...<

Elisabeth schwieg plötzlich. Der Tümpel schien ihre Blicke auf sich zu fixieren und als sie weiter sprach klang ihre Stimme auf beängstigende Art wissend.

>Hier werden die Leute noch lange nicht nach dir suchen und alles, was kommen muss, kommt in nicht so ferner Zeit, Julia! <

Beth sah in die ängstlich blickenden Augen ihrer Freundin. >Ich liebe meinen Vater, aber auch dich liebe ich. Mein Vater ist nicht frei, du musstest kommen. Vielleicht erlöst du uns drei zusammen und dass was hier ist und ... und Mr. Lyell. <

Julias Gesichtsausdruck wurde fragend, aber Elisabeth Norton sah nur mit leerem Blick auf ihre Freundin hin und meinte: >Es ist jetzt noch egal was ich meine oder weiß, aber ich muss nun handeln. Alles andere hat bisher nichts gebracht. Und du, Julia, musst stark sein, denn ich kann nicht sagen, was bei alldem herauskommt. <

Julia nickte, fragte aber auch: >Und was soll ich jetzt machen? <

>Du musst noch hier warten, oder dort wo du seit dem Todesfall warst. Wenn die Leute weg sind und im Haus wieder Ruhe herrscht, komme ich dich holen. <

Elisabeths Freundin nickte erneut. >Ich mache alles, was du willst, Beth. Wie lange es auch dauert, ich warte hier. <

Nun war es Beth die ihre Geliebte an sich zog. Innig tauschten die beiden Mädchen Zungenküsse aus.

Als Elisabeth sich erhob, floh das letzte Licht des Tages aus dem Park.

>Bis später. <, flüsterte Beth und ließ Julia alleine, um ins Herrenhaus zurückzukehren.

Elisabeth traf ihren Vater noch in der Bibliothek an. Er stand am Fenster, hielt ein Whiskyglas mit entsprechendem Inhalt in der Hand und hatte seine Tochter gar nicht bemerkt. Erst als das Mädchen, nachdem es sich leise einen Likör eingeschenkt hatte, neben seinen Vater getreten war, erwachte dieser aus seiner Lethargie.

>Beth! Ich wähnte dich schon zu Bett. <, meinte er verwundert.

Das Mädchen sah ihn mit seinen herrlichen Augen an und fragte lediglich: >An solch einem Tag? <

John nickte. >Ja, es war kein guter Tag, aber wir müssen sehen, dass alles wieder ins Lot kommt. <

>Vater, < Elisabeth sprach sehr leise. >ich glaube nicht, dass in diesem Hause noch etwas in Ordnung gebracht werden kann; nicht durch uns jedenfalls. <

Fragend sah Norton seine Tochter an, die den Blick lange erwiderte, ehe sie erklärte: >Jemand will nicht, dass wir zusammenleben, und dieser Jemand ist kein Mensch, jedenfalls jetzt nicht mehr. All diese Dinge, die geschehen sind, können nicht normal sein, und sie sind doch sicher nicht erst aufgekommen, als ich, jetzt auf Dauer, hierher zurückkam? <

Beth ließ ihrem Vater keine Zeit zu antworten, sondern fuhr fort: >Wer könnte etwas gegen unsere Liebe haben, der nicht mehr am Leben ist?

Es gibt doch nur einen; meine Mutter, oder? <

John leerte sein Whiskyglas und schwieg eine Weile, während er den Arm um die Schulter seiner Tochter legte. Erst das schlagen der alten Uhr, deren ticken monoton, aber beruhigend, durch die Bibliothek schwang, brach sein Schweigen und er sagte: >Schon bevor du wieder herkamst, gab es die ein oder andere Begebenheit, aber sie waren so unbedeutend und selten dass sie dir ja, während der vorherigen Ferien, nicht einmal auffielen. Kein Vergleich zu jetzt. Doch warum glaubst du, deine Mutter sei der Urheber dieses unheiligen Spuks? <

Elisabeth drückte sich enger an ihren Vater. >Was wir tun, weiß kein Lebender und welcher Tote könnte daran wohl Anstoß nehmen, doch nur die Frau, die dich ebenfalls liebte, heiratete und hier starb! <

>Was glaubst du sollen wir tun? <

>Ich will nie mehr von dir getrennt sein. Als wir weit weg von hier waren, gab es quasi keine Probleme. Vielleicht könnten wir wegziehen, vielleicht hilft es auch auf Dauer. Aber vor allem muss ich etwas wissen und; bitte sage es mir so, wie es war. Was geschah damals genau, als Mutter starb? <

Der Großgrundbesitzer nahm seinen Arm von Elisabeths Schulter, ging durch den Raum, füllte sein Glas am Sideboard erneut und wandte sich dann wieder der Geliebten zu. >Elisabeth, du bist für mich nicht mehr meine Tochter und du bist für mich kein Kind mehr, für mich bist du jetzt meine Frau. Also sage ich dir auch alles ganz offen, und doch, auch ich weiß leider zu wenig. Damals, an jenem Abend, warst du bereits zu Bett und Eleonore und ich, waren unten, im Salon. Zuerst war alles recht friedlich, aber ein Wort gab das andere, sodass es zu einem handfesten Streit kam, der Vordergrund war dabei eher nebensächlich, im Hintergrund jedoch ging es um dich. Immer wenn du zuhause und nicht in der Schule warst, unternahmen wir etwas zusammen, deine Mutter war dabei mehr oder weniger ausgeklammert. Auch ansonsten klappte es nicht sonderlich gut, mit Eleonore und mir. Wir hatten lange nicht mehr miteinander geschlafen und sie war schließlich in jenes Zimmer am Ende des Ganges gezogen. Eleonore sah unsere Probleme vornehmlich in meiner Zuneigung zu dir, die sie nicht mehr als Vaterliebe akzeptierte. Damals wollte ich es mir selbst nicht eingestehen, aber in jenem Punkt hatte sie Recht.

Nun, unser Disput wurde immer heftiger und die Richtung eindeutiger, bis sie schließlich sagte: >Dein Problem ist unser Problem; und das ist unheilbar. Du kannst nur noch bei kleinen Mädchen. Dann geh doch gleich hoch zu Beth, deine Tochter macht bestimmt mit! <

>Gut! Dass kann ich machen <, war meine Antwort, >aber vorher verlässt du das Haus und gehst zu dem Mann, mit dem du mich betrügst. Denn glaube nur nicht, dass ich an geistiger Zerrüttung leide. Bei unserer Scheidung kannst du soviel Schmutz aufwirbeln, wie du willst, und mögen mich auch alle

verdammen, Hauptsache ich bin dich los. Und noch eins; ich hoffe der Andere hat genug Geld für deine Extravaganzen, denn von mir bekommst du nichts, eher verschenke ich jedes Pfund. <
Eleonore hat daraufhin nichts mehr gesagt, sondern verließ spornstreichs den Salon. Ich blieb allein zurück und es dauerte bestimmt eine Stunde, bis ich wieder einigermaßen klar dachte. Übrigens, dass Erste was mir in den Sinn kam, es ist fast zum lachen, war: Gott sei Dank sind bis auf unsere Haushälterin alle Dienstboten heute befreit, und Misses Doyle schläft sicherlich schon lange.
Tja, nach solch tief schürfenden Überlegungen, entschloss ich mich schlafen zu gehen, als ich draußen einen schrillen, durchdringenden Schrei vernahm. Es dauerte nicht lange da war ich vor dem Haus, und lief dorthin, wo ich glaubte, den Schrei vernommen zu haben. Ich fand Eleonore tot, mit gebrochenem Genick, unter ihrem Fenster liegen. Mehr weiß ich nicht. Du wurdest von mir am nächsten Tag ins Internat zurückgeschickt, damit du die Untersuchung und alles Drum und Dran nicht mitbekommst. Die Polizei hatte wohl auch mich in Verdacht, aber endlich einigte man sich auf Selbstmord und niemand legte Widerspruch ein, zumal ich meine Anwesenheit im Haus erst auf später datierte. Ich selbst glaube bis heute nicht an Selbstmord. Eleonore war nicht der Typ dafür, eher hätte sie jemand anderen umgebracht. Außerdem war sie Perfektionist! Sich aus dem ersten Stock auf mäßig harten Boden zu stürzen ist kein gut durchdachter Selbstmordplan. Anstatt tot zu sein, riskiert man doch viel eher sich ein Bein zu brechen oder gar verunstaltet zu werden; für meine ehemalige Frau einfach undenkbar. <
Der Großgrundbesitzer atmete tief durch und leerte sein Whiskyglas. Elisabeth sagte nichts sondern sah

ihn nur an, denn sie wusste, dass noch etwas kommen würde. Und richtig hob John Norton von neuem an zu reden: >Dies wäre also die Geschichte jener Nacht. Natürlich habe ich viel darüber nachgedacht. Ja bisweilen glaubte ich, ich hätte Eleonore doch getötet. Denn in der Stunde, da ich unten im Salon alleine war, habe ich noch viel getrunken, und richtig klar wurde mir erst wieder, als ich draußen vor der Leiche stand. Andererseits der Schrei; ich habe ihn mit Sicherheit hier drinnen gehört. Außerdem war die Tür zu Eleonores Zimmer, abgeschlossen und der Schlüssel ließ sich nirgends finden. Man musste mit Gewalt in den Raum eindringen. <

Elisabeth blickte ihren Vater liebevoll an, ging zu ihm hin, legte ihre Arme um ihn und schmiegte die Wange an seine Brust. >Es war mir späterhin nicht ganz klar, aber jetzt weiß ich, dass es dieser Abend war. Du konntest Mutter nichts tun, wir beide waren zusammen! <

John schaute erstaunt zu seiner Tochter hinab, ließ sie aber ohne Fragen zu stellen fortfahren.

Jemand kam die Treppe hoch, es muss Mutter gewesen sein, denn sie ging in ihr Zimmer. Etwas später kam noch jemand hoch, denn ich erwachte, als meine Türe aufging. Du warst es. Du kamst an mein Bett, hast mich lange gestreichelt; es war sehr schön. Schließlich gingst du wieder und zwar die Treppe hinunter. Gerade als ich wieder am einschlafen war, ließ mich ein Geräusch hochschrecken, es muss der Schrei gewesen sein.

Kurz darauf habe ich dann das letzte für diese Nacht, gehört, denn danach schlief ich fest. Es ...<

Elisabeth kam nicht mehr zum weiterreden. Plötzlich klopfte es, von Hilferufen begleitet, heftig an die Eingangstüre. Nicht nur Beth zuckte ob dieser jähen Störung zusammen, doch ihr Vater fing sich sofort wieder und eilte aus der Bibliothek hinaus. Schnell war er an der Tür, wo es weiter rumorte und riss sie auf.

Im schwachen Lichtschein, der von der Halle her an ihm vorbei fiel, erblickte der Großgrundbesitzer ein Mädchen mit langen braunen Haaren, welches ein zerrissenes Kleid trug. Mit angenehmer, aber zitternder Stimme stieß es hervor: >Mr. Norton, ja? Ich muss Elisabeth sprechen! <

Noch ehe John Norton überhaupt antworten konnte, kam auch schon Elisabeth herbeigelaufen und die Mädchen fielen sich in die Arme.

Als Julia sich etwas beruhigt hatte, führte sie ihre Freundin in die Bibliothek, gefolgt von John. Nachdem Julia Golding dort in einen Sessel gesetzt worden war und Beth ihr – schon fast aus Gewohnheit heraus – einen Likör gereicht hatte, erklärte sie ihrem Vater kurz, was denn eigentlich das Ganze zu bedeuten hatte. >Julia ist meine beste, einzige Freundin aus dem Internat. Sie ist dort weggelaufen und war schon hier, bevor wir zurückkamen. Heute Abend traf ich sie, wollte sie aber erst ins Haus holen, nachdem alle anderen fort waren und dir dann davon erzählen. Aber dann kam unser Gespräch eben dazwischen. Übrigens, sie weiß etwas von dem Toten, beziehungsweise wie er dazu wurde. <

Nach solchen Erklärungen wand sich Beth wieder an Julia, strich über ihr Haar und fragte sie sanft: >Was war denn los, was hat dich so plötzlich hierher getrieben? <

Julias große, klare Augen, richteten sich auf ihre Freundin. >Ich wollte wirklich nicht kommen, bevor du mich rufen würdest. Aber ganz in der Nähe, wo ich warten sollte, hörte ich irgendwann merkwürdige Geräusche. Ich habe mich versteckt und sah dann einen Mann vorbei kommen, vielleicht fünf Meter von

mir entfernt und der hielt eine Waffe in der Hand. Er ging aufs Haus hier zu, ich glaube er wollte dahin, wo der andere Mann aus dem Fenster stürzte. Als er ganz weg war, hielt ich es nicht mehr aus und bin hergelaufen. Am meisten Angst hatte ich dass er euch, was tun wollte. <
John Norton nickte grimmig, und seine Augen verengten sich: >Auf unserem Grund und Boden läuft niemand ungefragt herum, schon gar nicht mit einer Waffe. Wartet hier erst einmal. <
Damit ging der Großgrundbesitzer aus dem Raum, um den Butler zu rufen. Dieser stand allerdings bereits in der Empfangshalle, herbeizitiert durch das Pochen zuvor und sich jetzt fragend warum er niemanden vor der Tür gesehen hatte.
Norton erriet die Gedanken seines Bediensteten und meinte nur: >Der Gast ist schon da, aber draußen im Park läuft ein Bewaffneter herum. Holen Sie den Stallburschen, ich will nach dem Rechten sehen. <
In seiner bislang noch nicht beeinträchtigten, scheinbar unerschütterlichen Ruhe, nickte der Angesprochene und verließ kurzzeitig seinen Herrn. Als er mit dem Stallknecht, einem Sohn des Gärtners, zurückkehrte, war Norton bereits für die Inspektion gerüstet. In der Linken hielt er eine konvertible Flinte und in der Rechten sein bewährtes Repetiergewehr. Knapp gab er seine weiteren Instruktionen, nach denen der Butler mit den beiden Mädchen, der Haushälterin und dem Dienstmädchen in der Empfangshalle bleiben sollte, dieweil er und der Stallknecht draußen Umschau halten würden.

Fast eine Stunde lang war man im Park unterwegs, während drinnen eine fast greifbare Spannung herrschte und Harrington ständig zur, nur einen Spalt weit geöffneten Eingangstür, hinausspähte.

In diese Spannung unvermittelt einbrechend, wirkte der Lärm, welcher plötzlich durchs Haus hallte, umso unerträglicher, zumal er eindeutig vom Zimmer am Ende des Ganges ausging!
Elisabeth die Julia bisher zärtlich gestreichelt hatte, sprang auf wie elektrisiert. Ohne ein Wort zu sagen, rannte sie die Treppe hinauf. Arthur Harrington warf die Eingangspforte zu, schob den Riegel vor und lief ihr dann ebenso wortlos hinterher.
Elisabeth war bereits oben im Korridor angelangt und stürzte jetzt auf das ominöse Gemach zu, dessen Tür weit offen stand. Schwärze gähnte dem Mädchen entgegen, aber im Augenblick kannte es keine Angst und als der Butler den Korridor erreichte, verschwand es gerade im Zimmer.
Mochten es die Vibrationen durch das Laufen, oder sonst etwas gewesen sein, hinter Beth fiel jedenfalls die Türe zu und sie stand in der Dunkelheit.
>Mutter! <, rief das Mädchen in die Stille hinein. >Mutter, lass John und mich in Ruhe! Hörst du! Er liebt mich und hat es schon, als du noch lebtest, aber dafür kann man doch nichts. Umgebracht hat er dich jedenfalls nicht, also, lass uns unser Leben! <
Unbeantwortet verhallten die Worte und als in der nächsten Sekunde die Türe wieder aufging und Elisabeth herumwirbelte, war es nur Harrington der hereinstürzte.
>Es ist niemand hier, <, flüsterte Beth erschöpft. >aber das Fenster steht offen. <
>Ja. <, bestätigte der Butler, während er sich daran machte selbiges zu schließen. >Hier ist wohl niemand. Aber wir werden nachher das Haus durchsuchen – sobald ihr Vater wieder hier ist. Doch jetzt gehen wir besser erst einmal wieder hinunter. <

Der Großgrundbesitzer und sein Stallknecht kehrten erfolglos von ihrer Expedition zurück. Zwar hatten sie hinter dem Herrenhaus zertretene Blumenrabatte festgestellt, doch ob diese bereits während der nachmittäglichen Untersuchung oder erst später entstanden waren, ließ sich im nach hinein nicht mehr feststellen. Auch die anschließende Inspektion des Hauses selbst brachte kein Ergebnis und so fand man sich schließlich erneut in der Empfangshalle ein, wo John Norton eine Art Rapport abgab: >Heute Nacht werden wir nichts mehr unternehmen, eine Information an die Polizei dürfte derzeit nichts einbringen. Sie beide <, damit deutete Norton auf den Butler und Stallknecht, >werden heute hier in der Halle abwechselnd wachen. Ich selbst passe oben bei den Kindern auf, wir stehen also in Rufbereitschaft. Über die Dinge, welche unseren Gast betreffen, werde ich mir morgen Gedanken machen. Seine Anwesenheit bleibt, bis ich anderes verfüge, unter uns. In diesem Sinne wünsche ich uns eine "Restnacht" ohne weitere Störungen. <

Eine halbe Stunde war nach diesen Worten vergangen. Elisabeth und Julia waren noch oben im Gemach des Großgrundbesitzers versammelt, der sich mittlerweile die ganze Geschichte der unerwarteten Besucherin angehört hatte und jetzt überlegte, wie er sich verhalten sollte.

>Deine Eltern sind also verstorben und deine Verwandten, die für das Internat aufkommen, leben drüben in Virginia. <, fasste John, an Julia gewandt, nochmals die Fakten zusammen. Das Mädchen nickte.

>Dann wollen wir mal sehen, was machbar ist. Bezogen auf die Ferienzeit dürfte man die Sache wohl ziemlich leicht regeln können. Danach sieht das Ganze schwieriger aus, aber ich könnte mir vorstellen, dass ich für deinen Vormund und die Behörden ein Angebot habe, welches ihnen womöglich

zusagt und dich nicht mehr ins Internat zurückführt. In dem Falle wären wir dann so etwas wie “Nachbarn”. Aber jetzt ist endgültig erst einmal die Zeit fürs schlafen gekommen. <

Elisabeth nickte ihrem Vater zu, nahm Julia in den Arm und führte sie in ihr Zimmer. Dort war vom Dienstmädchen, auf Nortons Anweisung hin, ein Faltbett aufgestellt worden, da er in solcher Nacht die Mädchen beisammen lassen wollte.

>Wir schlafen natürlich zusammen. <, erklärte Beth und fügte hinzu: >Zieh dich schon mal aus. Ich komme sofort wieder. <

Eilig verließ Elisabeth den Raum und ging zu ihrem Vater, der sie lächelnd ansah und leise meinte: >Du liebst sie. Nicht wahr? <

Beth nickte und legte ihren Kopf in gewohnter Art an die Brust des Vaters. >Ja, John. Es gibt nur einen Menschen, den ich mehr liebe. Meinen Mann. <

John fuhr seiner Tochter leicht über die Wange. >Wir werden Julia schon irgendwie in der Nähe behalten. Das verspreche ich dir! Und jetzt geh wieder hinüber. Wir müssen uns nicht alle diese Nacht um die Ohren schlagen. <

Elisabeth spitzte die Lippen. Nach einem innigen Kuss ließen die Beiden voneinander ab und das Mädchen ging zur Tür, wo es sich aber noch einmal umdrehte und ernst zu seinem Vater hinsah. >Heute Abend, Harrington hat es dir ja erzählt, das war meine Mutter. Ich glaube mittlerweile jedoch, sie meint gar nicht so sehr uns, sondern jemand anderen. Im Übrigen, in der Bibliothek wollte ich dir noch etwas sagen, als Julia klopfte. <

John Norton nickte und Elisabeth fuhr fort: >Nun, nach dem Schrei ging, oder besser lief noch mal jemand durch den Flur und er kam aus dem Zimmer meiner Mutter. Aber du warst ja schon vorher die

Treppe runter gegangen. Ich glaube wegen dieser unbekannten, uns unbekannten Person, ist sie noch hier! Gute Nacht, mein Geliebter. <
>Gute Nacht, meine Geliebte. <
Elisabeth verließ das Zimmer und kehrte in ihr eigenes zurück. Julia lag bereits im Bett und trug ein Nachtgewand von Beth. Diese legte sich nackt zu ihrer Freundin und begann sie zwischen den Schenkeln zu streicheln, wie sie denn auch die Hände Julias zwischen ihren Beinen fühlte.
>Wir werden zusammenbleiben, glaub mir, mein Vater wird dafür sorgen. Alles wird gut. <
Julia antwortete nicht. Stattdessen drückte sie sich noch enger an den warmen Körper ihrer Freundin, welche sie in dieser Nacht zu ihrer wirklichen Geliebten machte.

10

Als Elisabeth am nächsten Morgen erwachte, war es gerade fünf Uhr. Draußen hatte das Wetter sich völlig gewandelt. Sturmböen jagten Wolken über den Familiensitz, und Vorhänge aus Regen schlugen gegen die Scheiben. Im Inneren aber schien die Zeit geradezu stehen geblieben zu sein.
Fast meinte man die Geräusche von außerhalb nur gedehnt zu hören, gleichsam als wolle das Haus seine ursprüngliche, nun aber verschobene Stellung innerhalb der alltäglichen Realität, durch solches abbremsen, wieder einnehmen.
Beth spürte deutlich diese drückend, mahnende Stimmung und ahnte mehr als zuvor, dass bald alles entschieden sein musste. Neben ihr lag, nun ebenfalls nackt, von gleichgeschlechtlicher Liebe verführt, Julia.

Es konnte eigentlich kaum noch eine Steigerung des schwülen Odems geben, ohne den entscheidenden Faktor auszulösen.

Langsam zog Elisabeth ihre linke Hand, die bis dahin auf Julias Schamlippen geruht hatte, zurück und erhob sich ganz leise. Ohne genau zu wissen, was sie dort suchte oder erwartete, machte sie sich nochmals auf den Weg zum Zimmer am Ende des Ganges.
Vorsichtig trat sie, in den nun nicht mehr verschlossenen Raum, ein.
Draußen am Horizont zuckte ein Blitz, zerriss ganz kurz die Dunkelheit hinter den, nicht zugezogenen, Fenstervorhängen.
Als solle sie darauf aufmerksam gemacht werden, sah Elisabeth in diesem Moment, vor dem nämlichen Fenster, eine Frauengestalt. Im nächsten Augenblick schlugen die Scheiben weit zurück, und kalte Luft wehte ins Zimmer.
Unverwandt starrte Beth auf den Rücken der Frauengestalt, die keinen Ton von sich gab. Dann, ganz unvermittelt, schnellte von der Seite her eine Hand vor. Auch sie war nicht mehr als ein schwaches Schemen, das sich auf der Schulter der Frau niederließ und sie zu sich herum zog.
Sekunden oder Minuten, wer könnte es sagen, standen sich zwei verschwommene Silhouetten gegenüber, ganz offenbar in ein unhörbares Gespräch vertieft. Endlich versuchte die Frauengestalt sich loszureißen, doch erhielt sie von der anderen Person einen derartigen Stoß gegen die Brust, dass sie aus dem Fenster stürzte.
Mit dem verschwinden der Frau war auch die zweite, nahezu konturlose Gestalt, von der Beth lediglich wegen der kurzen Haartracht als von einem Mann ausging, verweht. Zurück blieb das Mädchen, welches nur nach und nach in die subjektive Realität

zurückfand und erst einmal tief durchatmete. Vermeinte es doch, während der ganzen kurzen oder langen Zeit dieses Spuks, die Luft angehalten zu haben.
Ohne von dem Gesehenen eigentlich recht entsetzt zu sein, wand sich Elisabeth um, ging aus dem Zimmer und schloss die Tür hinter sich. Dabei vermeinte sie im selben Augenblick zu hören, wie die Scheiben zufielen, im jetzt leeren Raum.

Als Elisabeth sich wieder neben Julia legte, schlief diese immer noch und auch John Nortons Tochter fielen bald die Augen zu. Drei Stunden später, beim aufstehen, wusste sie denn auch nicht mehr mit Sicherheit was an ihrem Erlebnis, während jener wagen Zeit zwischen Nacht und Tag, Wirklichkeit und was Traum gewesen.

Beim Morgenmahl, welches John Norton gemeinsam mit Beth und ihrer Freundin einnahm, bedrängten ihn ziemlich reale Probleme. Der Todesfall war dabei momentan gar nicht das wichtigste, dringlicher war die Regelung von Julias Fall. Wer alles suchte nach ihr? Würden späterhin Fragen auftauchen, warum sie zu den Nortons gekommen war, vor allem würden diese nicht vielleicht, richtig gestellt, andere gefährlichere Fragen über das Zusammenleben im Herrenhaus nach sich ziehen?
Während des Essens ließ sich John von Julia genauer über ihre Lebensumstände, namentlich die Verwandtschaft berichten. Zwar hatte auch Elisabeth früher schon mal das ein oder andere über ihre Freundin erzählt, doch waren dem Großgrundbesitzer die Details nicht mehr greifbar.
Julias Eltern waren bei einem Schiffsunglück gestorben und der Reeder des gesunkenen Dampfers, ein nicht ganz naher Verwandter der Goldings, war

jetzt Julias Vormund. Dies erschien sofern bedeutend als John den, seit einigen Jahren in den Staaten lebenden, Mann recht gut kannte. Man hatte mehrere gemeinsame Transaktionen mit großem Erfolg durchgeführt.
John war erfreut, als er davon erfuhr. Damit würde es leichter werden das Versprechen, welches er Elisabeth bezüglich ihrer Freundin gegeben hatte, auch zu halten.
Gleich nach dem Frühstück begab sich Norton in sein Arbeitszimmer. Hier erarbeitete er zuerst einen Telegrammtext an das Internat und ließ ihn sogleich zur Telegrafenstation in Erresburry bringen. Damit würde die, mit Sicherheit laufende, Suchaktion nach Julia beendet sein und in ein, zwei Tagen stand ein Besuch aus Chamberlain Hall zu erwarten.
In Ruhe konzentrierte sich John Norton dann als nächstes auf einen umfänglichen Brief, welchen er an den Reeder schrieb.

Beth und Julia, die vorläufig Kleidung ihrer Geliebten trug, nutzten den Vormittag um sich im Park zu ergehen. Zumindest für Elisabeth war dieses wandeln unter den alten Bäumen in jenen Stunden allerdings kein Vergnügen, auch wenn sie Julia nichts davon sagte. Das bedrückende Tuch aus Fäulnis lag weiterhin in der Luft - das Gewitter hatte es nicht zerrissen. Es war bereits wieder warm, ja schwül und der Boden dampfte geradezu. Die Blätter am Geäst wirkten auf das Mädchen zu grün, zu dick, als müssten sie jeden Moment zerplatzen, und über allen Gerüchen des Sommers schien eine Ausdünstung von Moder zu schweben, den der schwache Wind nicht vertrieb, sondern direkt beim Herrenhaus ansammelte. Wie am frühen Morgen war es keine Angst die Elisabeth so zusetzte. Vielmehr war es das Gefühl die Spannung nicht mehr aushalten zu können, zerrissen zu werden, das in ihrem Herzen bohrte.

Julia hatte andere Gedanken und sprach darüber mit Beth. Was würde mit ihr geschehen, was würde John Norton unternehmen?

>Ich will nie mehr getrennt von dir sein, Elisabeth. <, sagte Julia, als sie neben ihrer Geliebten auf einer Bank, unter einer windschiefen Ulme, saß.

Beth sah in die sehnsüchtig blickenden Augen des anderen Mädchens. >Ich auch nicht, aber nur mein Vater kann uns helfen dass weißt du. Jetzt schreibt er erstmal den direkt betroffenen Parteien, damit sie wissen, wo du bist und dass es dir gut geht. Dann wird er aushandeln, dass du bis zum Ende der Ferien hier bleiben kannst. Aber keine Angst, du hast es ja gestern Abend selbst gehört, auch für danach hat er schon einen Plan. Wie der genau aussieht, weiß ich zwar sowenig wie du, doch er wird schon gelingen. <

>Natürlich, dein Vater wird die Sache schon in den Griff kriegen. Eigentlich befürchte ich in der Richtung gar nichts. Trotzdem bin ich so unruhig, warum bloß? Vor irgendetwas habe ich schreckliche Angst und kann nicht einmal sagen wovor. <

>Vor der Entscheidung! <, flüsterte Elisabeth und drückte dabei ganz fest die Hand ihrer Geliebten.

Unendlich träge schleppten sich die nächsten Stunden dahin. Die unsichtbaren und dennoch so drückenden Schatten wurden immer schwerer.

Gegen drei Uhr am Nachmittag war Beth allein mit ihrem Vater im Salon, während Julia, um sich ein wenig abzulenken, im oberen Stock, deren Kleidersammlung inspizierte.

John saß seiner Tochter gegenüber und hielt, wie diese eine Tasse Tee in der Hand. Kurz berichtete er über seine Schreiben, namentlich jenes an den Reeder, und schloss mit den Worten: >Sobald ich eine

Antwort von ihm habe, werde ich einen zweiten Brief verfassen und ihm meine Vorstellung über Julias weitere Erziehung schildern. Vorher erkläre ich meine Pläne natürlich euch, aber warten wir damit, bis wir den unvermeidlichen Besuch seitens der Internatsleitung hinter uns haben. <
>Das ist wohl am besten. <, bestätigte Elisabeth, nippte am Tee und wechselte dann das Thema indem sie, wenn auch ganz ruhig, erklärte: >John, ich glaube heute passiert etwas, etwas Wichtiges für uns alle. Ich habe keine Ahnung wie es enden wird, deshalb muss ich dir jetzt noch eine Sache sagen. Julia und ich, wir haben uns geliebt! <
John Norton sah seiner Tochter ruhig in die Augen. >Beth, lieben kann man viele Menschen, körperlich und/oder geistig, doch die wahre Liebe liegt wohl dort, wohin sich der Suchende wendet, wenn er keinen anderen mehr als nur Einen kennt, ihn um Rat zu fragen, oder niemand mehr weiß als Einen der Ruhe ihm zu bringen vermag. Ich konnte mir das Verhältnis zwischen dir und deiner Freundin schon richtig vorstellen. Julia braucht dich. Du bist für sie dass, was ein Mann für seine Frau sein sollte, körperlich, aber vor allem geistig. Dies wird aber nie etwas mit uns beiden zu tun haben. Unser Verhältnis ist nicht abgegrenzt. Keiner braucht den anderen allein, aber nur wir beide zusammen können bestehen. Daher ...<
Beth fiel ihrem Vater ins Wort, wobei sie ihn abrupt umarmte: >Schon gut, John. Wenn jetzt noch ein Erwachsener hier gewesen wäre und deine Erläuterungen gegenüber einem Kind gehört hätte, wären ihm wohl Zweifel an deinem Verstand gekommen. Aber wir sind alleine, und ich verstehe dich! <
John Norton musste lachen, stellte die Teetasse beiseite und zog seine Tochter zu sich auf den Schoß.

Dann gab er ihr einen Kuss und fragte: >Warum glaubst du, dass heute etwas Besonderes geschieht? Hattest du wieder ein merkwürdiges Erlebnis? <

Beth nickte energisch. >Ja, heute während der Morgen graute. Natürlich kann man wieder sagen, ich wäre noch im Halbschlaf gewesen. Aber mittlerweile sind wir doch eigentlich beide sicher, dass etwas „Unnormales“ um uns vorgeht, oder? <

John nickte. >Ja, wir können den Tatsachen nicht mehr entfliehen und ich kann – will auch nicht – dir irgendetwas vormachen. Also was ist passiert? <

>Ich habe wahrscheinlich gesehen, wie Mutter gestorben ist! <, erklärte Elisabeth ohne besondere Betonung.

Der Großgrundbesitzer sah seine Tochter nur schweigend an, ohne irgendwelche Fragen zu stellen, und so erzählte Beth einfach, was sie am frühen Morgen beobachtet hatte. Ein Unbekannter hatte ihre Mutter aus dem Fenster gestürzt.

John griff nach der Teetasse und trank sie aus. >Deine Mutter ist ermordet worden. <, murmelte er vor sich hin, und dachte an die frühere Erzählung Elisabeths von den Schritten auf der Treppe.

>Beth, ich verstehe jetzt, was du meinst. Aber was könnte ausgerechnet heute passieren das diese Erscheinungen verstummen lässt? <

Das, so gefragte, Mädchen zuckte mit den Schultern. >Ich weiß es nicht, aber alles ist so schwer ringsum und Vater, Geliebter, du spürst es doch auch! <

>Irgendetwas ist da, ja. Nur kann ich nicht sagen, was es ist, und vielleicht steigern wir uns nur in etwas hinein. <

>Eben hast du aber selbst gesagt, dass hier nicht alles „stimmt”. <, erwiderte Beth in ihrer unverblümten Art.

John nickte. >Ja, aber wir müssen doch noch klar denken. Nicht alle Wirklichkeit ist plötzlich nur Schall und Rauch. Obwohl hier etwas Unnormales geschieht, dürfen wir nicht alles darauf beziehen. <

>Nein, aber trotzdem glaube ich wir sollten aufpassen, denn es muss bald etwas kommen. <, beharrte Beth.

>Vielleicht ahnst du mehr oder kannst dir mehr als ich erklären. <, räumte John ein und fügte hinzu: >Wir drei können ja sicherheitshalber in der kommenden Nacht beisammenbleiben. <

Momente später endete das Gespräch, da der Großgrundbesitzer von einem Kurier einige Schreiben erhielt die, trotz allem anderen, dringlichst beantwortet werden mussten.

Beth verbrachte die nächste Zeit wieder mit Julia und glaubte doch, obwohl sie von der innigsten Freundin abgelenkt wurde, in den Weiten der Korridore und den dunklen Ecken der Räume, ständig einen oder mehrere finstere Beobachter zu erahnen.

Endlich kam der Abend.

11

Nur vereinzelt fielen die Strahlen der scheidenden Sonne noch durch die Äste der Bäume hindurch auf das Herrenhaus. Hier und dort warf blitzartig eine der Scheiben das sich rötende Licht kaleidoskopartig zurück, in den dunstverhangenen Park. Mauern und Boden hatten die Wärme aufgesogen und würden sie während der Nacht abgeben, gleichsam als wolle die Natur während der letzten hochsommerlichen Tage auch die schwarzen Stunden erhitzen.

Julia war bei Beth auf dem Zimmer und die Mädchen unterhielten sich, während am Eingangsportal die Glocke ertönte. Momente später betrat George Lyell

die Bibliothek, wo Norton momentan weilte. Der Großgrundbesitzer gab seinem Freund die Hand und bot ihm einen Cognac an, ehe sich die Beiden niederließen.
>Ungünstige Situation. <, murmelte Lyell und versuchte so das Gespräch anzukurbeln.
John lächelte bitter und meinte: >Ich wüsste nicht, dass ich in diesem Haus in letzter Zeit sonderlich viele Situationen besserer Art erlebt hätte. Bei mir laufen augenblicklich nur die Finanzen normal, ansonsten – Schweigen. <
>Und wie geht's Elisabeth? <, fragte Georg und sein Blick, wandte sich dem Gegenüber zu.
>Ich glaube meine Tochter hat Nerven wie kaum ein Mädchen ihres Alters. Manchmal brauche ich sie wohl eher in meiner Nähe, als umgekehrt. Aber du kannst gleich selber mit ihr reden, sie hatte vor herunterzukommen. <
Wie es der Zufall wollte, John hatte kaum zu Ende gesprochen, da eilte Beth, ohne bislang von Lyells erscheinen erfahren zu haben, in den Raum.
>Vater, ich habe ...<, erst in diesem Moment bemerkte das Mädchen den Besucher. >Oh, Entschuldigung. Guten Abend Mister Lyell. Ich habe ihr kommen gar nicht bemerkt. Ich ...<
Beim Ablauf der weiteren Ereignisse war wohl kein Zufall mehr im Spiel. Jedenfalls wurde Elisabeths Rede durch einen Schrei unterbrochen, der nur entfernt menschlich klang. Ihm folgten Gepolter und weitere weniger grässliche, Schreie.
Beth, ohnehin noch halb in der Tür stehend, war die Erste, welche hinaus in die Halle sah. Momentan war dort noch nichts zu erblicken, lediglich eilige, die Treppe hinab kommende, Schritte waren vernehmbar. Dann kam Julia ins Blickfeld ihrer Geliebten, schoss auf diese zu und rannte dabei fast den, ebenfalls herbeieilenden, Butler um.

Kreidebleich, im wahrsten Sinne des Wortes, blieb Julia vor Elisabeth stehen und sagte, flüsterte beinah: >Oben kämpfen der Mann aus dem Garten und eine Frau. Hinten; im Zimmer. <

Noch während die letzten Worte vor der Bibliothek verklangen, kamen John Norton und George Lyell aus derselben heraus und nun kam es zu einer Sensation! Kaum da sie Lyell erblickte, rief Julia in die, sich jetzt geradezu unheilvoll ausbreitende, Stille hinein: >Dass ist der Mann, der oben mit der Frau kämpft! <

Diese Worte weckten zuerst Beth aus ihrer Starre. Ihre Augen glitten über das Gesicht von George Lyell und dann stürzte sie los. Im Kopf des Mädchens erschien wieder jene geisterhafte Szene, die sie am vergangenen Morgen im Zimmer am Ende des Ganges gesehen hatte, und es war klar, dass ihre Freundin nur diesen Raum meinen konnte.

>Warte Beth! <, schrie Julia, >Warte, lass mich nicht allein. < und lief ihrer Geliebten hinterher.

Elisabeth flog förmlich durch die Empfangshalle, am Butler vorbei und die Treppe ins erste Stockwerk hinauf. Julia versuchte, es ihr gleichzutun. Doch etwa auf Höhe der zehnten Stufe rutschte sie aus, schlug auf eine der darüber liegenden Treppenkanten und blieb keuchend liegen.

Jetzt war es auch um die Ruhe des Butlers geschehen. Nach der Haushälterin rufend und zu dem, zitternd auf der Treppe liegenden Kind eilen, war schier eins. Nur im Unterbewusstsein nahm er wahr, wie sein Herr und der Besucher, gleichsam von Teufeln gehetzt, an ihm vorbei nach oben jagten.

Als die beiden Männer im ersten Stock ankamen, stand Beth schon kurz vor dem Zimmer am Ende des Ganges, war aber nur als Silhouette zu sehen. Keines der Gaslichter brannte, zumindest schien es so. Dafür war aber die Tür zu dem ominösen Raum wieder einmal weit geöffnet und von dort strahlte helles Licht

aus, welches zwei Personen ganz klar, geradezu unnatürlich deutlich, erkennen ließ; Elisabeths tote Mutter und George Lyell!
Beth wusste, wie das Schauspiel ausgehen würde. Diesmal sah sie die Akteure zwar deutlicher als am Morgen, aber der Inhalt des Geschehens hatte sich nicht geändert. Das Stück endete planmäßig mit dem Todessturz aus dem Fenster.
Dunkelheit legte sich wieder über das Gemach, nur Konturen waren noch erkennbar. Im Korridor brannte das Gaslicht, in normaler Stärke. Langsam drehte sich Beth um.

Lyell hatte, am Treppenabsatz neben John Norton stehend, gebannt der Erscheinung zugesehen. Erst als Elisabeths Stimme an seine Ohren drang, fiel der Bann von ihm ab und er konnte sich wieder bewegen.
>Nun George, <, rief das Mädchen >mit meiner Mutter war es wohl nicht ganz das Wahre. Aber egal komm zu mir! Ich kann dir mehr bieten, als du dir träumen lässt. Meine Haut ist zarter und ich bin heißer. Also komm!
>Du kleine Hure. Dir werde ich deine Theaterpossen schon austreiben. <, sagte George halblaut, wohl mehr zu sich selbst und stürzte auf Elisabeth zu.
Diese abrupte Bewegung erst riss John Norton aus seiner Lethargie. Jetzt allerdings begriff er sofort, in welcher Gefahr sich Beth befand, wenn sein bisheriger Freund sie erreichte, und hetzte hinterher.
Als George Lyell an jenen Platz gelangte, wo Beth zuvor gestanden hatte, war diese schon weiter ins Zimmer gegangen und vor das gefährliche Fenster getreten. George sprang auf sie zu. Doch sei es, dass Beth auswich, oder plötzlich dort noch eine Person erschien, jedenfalls erreichte er das Mädchen nicht, und dann legten sich auch schon John Nortons Finger um seine Schultern.

Lyell wurde zurückgerissen, versuchte sich umzudrehen, kam dabei mit der rechten Hand an den kleinen, neben dem Fenster stehenden, Ankleideschrank und erwischte dabei eine schwere Parfümbouteille. Mit dieser hieb er ziemlich wahllos auf seinen Widersacher ein der, jäh mit aller Gewalt am Kopf getroffen, zusammensackte und den Professor freigab. Plötzlich fehlte Lyell jeder Gegendruck und, über ein Bein des Niedergeschlagenen stolperte er, tonlos wie ein Geist, durchs Fenster im ersten Stock. Die einzigen Geräusche welche das Ganze nicht, wie einen schattenhaften Albtraum erscheinen ließen, waren das splittern des Fensterglases und das tiefe atmen von Elisabeth die, an den Bettrand gelehnt, alles mitverfolgt hatte.
Die Zeit schien eingefroren, und doch waren es nur Sekunden bis Harrington eintrat. Einen Blick auf den Großgrundbesitzer werfend, der genau im Lichtschein aus dem Korridor lag, dann zu Elisabeth gehen und sie sanft aus dem Zimmer am Ende des Ganges geleiten, war eins. In seiner ihm eigenen Art versuchte er, beruhigend auf das Mädchen einzureden. Aber in dessen Gesicht zeigte sich keine Regung, allenfalls etwas dass man als schwaches lächeln, hätte werten können.
Als sie die Treppe hinunter gingen, sah Beth Julia dort liegen, betreut von Misses Doyle, während der Stallknecht, bereits instruiert, nach oben lief.
Harrington wollte Elisabeth an Julia vorbeigeleiten, doch sie entwand sich seinen Händen, und auch die Haushälterin konnte sie nicht von ihrer Freundin fernhalten, neben der sie in die Hocke ging.
Julia atmete nicht mehr, sie war mit dem Kehlkopf auf eine Stufenkante geschlagen. Ihre halb geöffneten Augen blickten bereits gläsern zur Decke. Beth presste ihre Lippen kurz auf die der Geliebten und

flüsterte: >Es ist schon gut, meine Kleine. Bald sehen wir uns wieder. Weißt du noch: “Von Elisabeth für Julia. Auf dass du ewig an mich denkst”. <
Die Worte vergingen. Beth stand auf und verließ die Tote.
Harrington verschwand mit Elisabeth nach unten. Als dort schließlich ein Arzt, die Polizei und jede Menge anderer nötiger, oder auch unnötiger Leute auftauchten, begaben sie sich erst einmal nach draußen.
Angenehm war die Luft; jetzt wo alles vorbei war. Die Ruhe tat Elisabeth gut. Völlig gefasst, nur etwas melancholisch, sah sie zum Himmel. Eine leichte Brise vom Meer vertrieb langsam den Dunst des Tages und die Sterne traten klarer hervor.
Beth wusste natürlich dass nicht nur Julia, sondern auch John tot war. Alles war vorbei, es musste wohl so sein.

12

Epilog

Am dritten Tag nach den letztgenannten Ereignissen kam Beth zu uns, zur Verwandtschaft. Lange, lange vor der Tragödie war solches gegenseitige Versprechen schon gegeben worden, und mein Vater erfüllte es in aller Pflichtbewusstheit, die ihm so gut ansteht. Ich, ja ich bekam damals eine acht Jahre jüngere Cousine geschenkt.

Im ersten Augenblick war mir die Sache etwas suspekt, denn ständig kamen von aller Welt die Ermahnungen: “Pass auf sie auf, denk dran, was sie erlebt hat, geh auf sie ein”, und ähnliches mehr.

Kaum war jedoch meine Cousine da, verstand ich solche Ermahnungen überhaupt nicht mehr. Sie war kein bisschen betrübt wegen des Vergangenen und ein überaus heller Kopf – für ihr Alter, wie ich mir anfangs noch sagte.

Nebenbei erwähnt – jetzt kann ich es ohne Bedenken niederschreiben – gefiel mir von Anfang an ihr Äußeres sehr gut, und gewisse Bewegungen, die Art wie sie mich ansah, oder manches, was ihre liebliche Stimme sagte, verstörten mich wahrhaftig. Nicht dass ich von Liebe nichts gewusst hätte, auch praktisch, aber alles passte nicht zu einem solchen Alter; zu einem Kind.

Schon in den ersten Tagen sind wir uns sehr nahe gekommen, redeten viel, spazierten, gingen zu musikalischen Veranstaltungen. Wohl bemerkt, zuerst tat ich all dies noch im Auftrag meiner Eltern für ein reiches, aber vom Schicksal getroffenes Mädchen, doch es machte mir mehr und mehr Freude. Das meine Eltern niemals eine verbotene – aber warum schreibe ich es nicht klarer nieder –

gefährliche, physische wie psychische Liebe darin erkannten, wiewohl ich keine Freunde mehr besuchte, noch sie einlud oder gar mich wieder einmal mit einer etwa Gleichaltrigen verabredete und dergleichen mehr, lässt sich irgendwie einfach erklären. Ein noch nicht ganz elfjähriges Mädchen und ein normaler, erwachsener junger Mann, da konnte nichts, so genanntes Schlechtes, passieren.

Wie dem auch sei. Nach drei Wochen waren Beth – wärst du nur bei mir geblieben – und ich unzertrennlich. Ihr gönnte man, nach den vergangenen Schrecknissen, noch große Freiheiten und ich nahm sie mir einfach, sodass wir alles was wir taten gemeinsam ausführten.

Ich hatte allerdings große Probleme meine Gefühle innerlich zu verarbeiten. Mit niemand sonst konnte ich sprechen, und mit Beth traute ich es mich natürlich nicht. Es schien ganz einfach unmöglich mit einer Zehnjährigen über ihren süßen Mund, die herrlichen Augen oder gar meine tiefen Gefühle zu reden.

Die Erlösung kam an einem frühen Herbsttag bei einem gemeinsamen Ausritt. Wir gelangten zu einem kleinen Weiher, den Beth sehr mochte, stiegen von den Pferden und setzten uns ins Gras, weitab von allen anderen Menschen.

Eben hatten wir noch gelacht und über alles Mögliche geredet, doch jetzt sah mich Beth auf einmal ganz ruhig an. Mit ihrer herrlichen Stimme fragte sie dann:
>Andrew, du magst mich doch, oder? <

Ich konnte nur nicken. Ihre weiteren Worte wurden zu einem flüstern: >Dann gibt es keine Wahl. < Sie legte die Arme um meinen Hals und presste ihre Lippen auf meine. Zärtlich spielten unsere Zungen miteinander, wobei ich, zugegebenermaßen, völlig benommen war. Als Beth dieses tun schließlich beendete, hörte ich sie hauchen: >Du liebst mich, du

willst mich. Wir reiten jetzt zurück, aber heute Nacht komm zu mir. Bitte! Es wird dir großen Spaß machen, und dann kann ich dir auch etwas sehr wichtiges erzählen. Andrew, ich brauche noch jemanden auf dieser Welt. Bitte komm, komm irgendwann heute Nacht. <
Beth stieg zuerst auf ihr Pferd und setzte es in Trapp, ich folgte ihr direkt darauf. Sie hat nicht geweint, aber ich wusste, dass sie sehr einsam war und mich brauchte.
Die Nacht kam, wie jede bis zur letzten großen Dämmerung kommen wird. Endlich kurz vor zwölf war im Hause alles ruhig, und ich machte mich, nicht ganz ohne Beklemmung in der Brust, auf den Weg zu Elisabeths Zimmer.
Als ich den Türknauf drehte, hatte ich die Hoffnung, genauso wie die Angst, es wäre abgeschlossen. Doch die Türe ging auf. Dann war der Raum dunkel und ich glaubte das Mädchen würde schlafen, sodass ich wieder gehen wollte. Aber da hörte ich den Klang eines Glases, welches gegen eine Flasche stößt und direkt darauf Beths liebliche Stimme: >Andrew, ich warte. Komm her. <
Ich ging zu Elisabeth, trank einen Likör, von dem ich nicht wusste, wie sie ihn sich besorgt hatte und dann liebten wir uns!
Es war ein wunderbares Gefühl, das ich, in jener Nacht zum ersten Mal, mit ihr erleben durfte und von da an rund drei Monate lang. Während dieser Zeit erfuhr ich alles, was in der vorangestellten Erzählung niedergeschrieben ist, und manches von ihren Worten fand, im nach hinein, noch seine Erweiterung oder Ausdeutung.
Im Spätherbst jenes denkwürdigen Jahres aber kam das Ende unserer Beziehung. Es kam so ohne Andeutung oder Vorwarnung, dass ich es bis heute, nicht verstanden nicht begriffen habe. Eines Morgens

war meine Geliebte verschwunden. Wie sich heraus stellte fast ohne Geld, und nur mit dem schwarzen Kleid, welches sie am Abend zuvor getragen hatte, angetan.
Eine Woche lang suchte man vergeblich nach Elisabeth Norton. In dieser Zeit habe ich kaum etwas Klares denken können, doch ganz plötzlich, an einem nebligen, öden Montagmorgen, dem eine der vielen schlaflosen Nächte vorausgegangen war, kam mir eine ihrer Erzählungen wieder in den Sinn. Jene von dem alten Gewölbe bei Chamberlain Hall, wo der Totenschädel lag und sie mit Julia zusammen gewesen war. In umständlicher Form teilte ich die Überlegung meinem Vater mit.
Am Dienstag fand man Elisabeth, mit aufgeschnittenen Pulsadern, dort wo ich es vermutet hatte. Ihre Leiche ruhte neben dem Schädel mit der Inschrift: “Von Elisabeth für Julia. Auf dass du ewig an mich denkst”.

Lange Zeit wusste ich nicht was ich von Elisabeths Bericht hatte halten sollte. Ich glaubte ihr, oh ja, nur wusste ich nie ob alles objektiver oder, zumindest teilweise, subjektiver Wahrheit entsprang. Doch mit der Zeit habe ich gelernt. Beth ist nie von mir gegangen und auch die Anderen, die ich nicht einmal kenne, waren in den letzten fünfzehn Jahren bei mir. Es sind immer nur Kleinigkeiten, die sie mir nahe gebracht haben. Lediglich Elisabeth zeigt sich eindeutiger. Ohne sie vergessen zu können, wollte ich dennoch dreimal heiraten, dreimal ein normales Leben mit Lebenden beginnen, drei Frauen starben deshalb. Sie ist bei mir und passt auf.
Warum sie sich getötet hat? Es musste sein. So wie zuvor auch John und Julia unausweichlich sterben mussten.

In meiner Geschichte, meiner Erzählung oder meinem Tatsachenbericht, wie immer man auch will, sind alle Namen unverändert. Sie wird jetzt, da ich bald vierzig bin, bei meinem Notar hinterlegt und erst nach meinem Tod für etwelche Interessenten zugänglich. So jemand will, kann er dann den fassbaren Einzelheiten nachspüren.
Obwohl ich gesund bin, glaube ich nicht, dass dieser Jemand lange warten muss. Es ist ein sicheres Gefühl: Ich werde wohl bald auch bei Beth, Julia, John und – wem noch …? Weilen …

Gezeichnet:

Andrew Broughton

www.ingramcontent.com/pod-product-compliance
Ingram Content Group UK Ltd.
Pitfield, Milton Keynes, MK11 3LW, UK
UKHW012241240726
13966UKWH00003B/1205